반듯하지 않은 인생,
고마워요

반듯하지 않은 인생, 고마워요

1판 1쇄 | 2009년 7월 14일
1판 3쇄 | 2009년 11월 5일

지은이 | 박은기 외
펴낸곳 | 도서출판 수선재
펴낸이 | 유성민
편집팀 | 최경아, 윤양순
영업팀 | 권성진, 조영재

출판등록 | 1999년 3월 22일 (제 1-2469호)
주소 | 서울 종로구 적선동 19번지 2층
전화 | 02) 737-9454
팩스 | 02) 737-9456
홈페이지 | www.suseonjaebooks.com

ISBN 978-89-89150-57-2   03810

평범한 이웃들의 웃음 + 눈물 + 감사한 인생이야기

반듯하지 않은 인생, 고마워요

글 박은기 외

수선재

삶 속에서 찾아낸 '감사'라는 보석

지금 당신은 행복하신가요?

이런 질문을 받는다면 바로 행복하다고 대답하는 사람이 얼마나 될까요?

인생을 살아가면서 다가오는 일들이 그리 만만치만은 않습니다.

정도의 차이는 있겠지만 고통과 아픔, 미움과 외로움 등 견뎌내고 맞이해야

하는 고난과 힘겨운 감정들은 어쩌면 인생에서 누구나 치러야 하는 통과의

례인지도 모르겠습니다.

그런데 이렇게 다가오는 일들을 웃음으로, 혹은 눈물지으며, 때론 크고 작

은 깨달음으로 소중하게 맞이하는 사람들의 모습이 있습니다.

명상학교 수선재에서 명상을 하고 있는 이들이 바로 그 주인공들입니다.

반듯하지만은 않은 인생, 막막했던 인생의 우여곡절을 겪으면서 그 안에서

삶을 빛나게 하는 보석을 찾아가는 과정을 33편의 이야기에 풀어 놓았습니

다. 명상을 통해 인생을 되돌아보며 '감사'라는 보석을 찾아내자 지금까지

의 삶은 전혀 다른 각도로 비추어지고 있었습니다.

고통이라고 생각했던 일들은 자신을 성숙시킬 수 있었던 계기가 되었고, 아

픔이라고 느꼈던 감정들은 보다 풍부해지기 위한 자산이 되었으며, 미움은

타인을 이해하고 사랑해가는 과정이며, 외로움은 또 다른 자신을 찾아가는

여정이라는 것을 알게 되었다고 합니다.

삶 속에 감추어진 '감사'라는 보석을 찾아내는 과정에서 인생이 소중하게 다가왔으며 종국에는 웃을 수 있는 여유를 가지고 따뜻한 삶을 만들어 가야 한다는 것을 깨달을 수 있었습니다.

자신만 담기에도 벅찼던 마음의 크기가 조금은 넉넉해져, 맑고 밝고 따뜻해진 그 마음을 나누고 싶어 '반듯하지 않은 인생, 고마워요'란 제목으로 책을 발간하게 되었습니다.

이젠 정말 행복해지고 싶다면…

이웃들이 소개하는 눈물과 웃음이 어우러진 생생한 경험들과 더불어 울고 웃으며 반짝이는 자신의 보석을 발견하시기를 바랍니다. 반듯하지만은 않은 인생, 그러나 그 삶 속에 감추어진 '감사'라는 보석의 조각을 찾아내는 일은 당신의 인생을 더없이 소중하고 아름답게 만들어 줄 것입니다.

2009년 7월 편집부

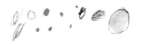

contents

매일매일 인생에서 알아지는 것들

그 손을 잡고 또다시 걸을 수 있었다

아직 사랑을 말할 시간이 남아있다

지금 이순간이 소중하고 감사하기에

내가 만나는 천사

순화시대

하하하, 바닥이라는 것은

함께 해줘서 고마워

돌고 도는 세상

웃음과 울음사이

가난한 감사

조용한 전쟁

그래, 난 바보야

매 일 매 일
인생에서
알아지는 것들

사람들은 때때로 변해간다, 따스한 말 한마디에.
그리고 때때로 깨닫는다, 모든 것이 사랑임을.

내가 만나는 천사

흰 눈이 펄펄 내리는 아침입니다. 길이 막힐까봐 서둘러 나와 조금 일찍 출근을 했습니다.

'하아, 오늘은 녀석들이 얼마나 운동장을 나가자고 조를까?'

이 눈을 옮겨와 진흙탕 교실을 만들 것을 생각하니 벌써부터 살짝 걱정이 앞섭니다. 아직 인적이 없는 운동장 한가운데를 소복소복 바삐 가로지르고 있습니다. 땅만 보고 걷자니 내 허리 근처만한 높이의 한 녀석이랑 마주칩니다. 어른 우산을 들고, 학원 보조가방 하나와, 모자를 둘러쓰고, 목도리를 휘휘 감고, 아주 큰 장갑을 낀 채, 눈만 빼꼼 내밀어 도통 누구인지 알 수 없게 되어버린 2학년 우리 반 키 번호 1번, 체구도 1번인 여자아이입니다.

"애야, 그렇게 싸매면 앞이 보이니?"

그 모습이 안쓰럽기도 사랑스럽기도 하여 나도 모르게 웃음이 나왔습니다. 발육이 늦은 탓인지 모기만한 목소리와 읽기와 쓰기, 기본적인 셈하기도 늦어 2학기부터는 거의 매일 남겨 나머지 공부를 하는 중입니다.

제가 제 성질을 못 이겨 버럭 야단도 치고, 그러다 후회가 들면 꼭 안아 주고, 저 작은 얼굴에 온통 뽀뽀자국이나 이마에 별 도장을 찍어 집으로 보내곤 했었습니다. 운동장 한가운데에서 반갑게 인사를 나누며 눈발을 함께 맞는 지금, 녀석이 잠깐 기다리라고 합니다.

"어? 일단 교실에 가서….."

말릴 틈도 없이 순식간에 운동장에 자기 몸집보다 더 큰 가방을 풀어 놓습니다. 잡동사니와 책이 가득한 가방 속에서 뭔가를 열심히 찾고 있습니다. 가방 속 책 사이사이에 꽁꽁 얼어붙은 손을 열심히 집어넣고 있네요.

"아! 찾았다."

열심히 실랑이 끝에 찾아 제게 내민 것은 '情' 이라는 글씨가 쓰여진 가방 속에서 다 부서진 초코파이였습니다. 나는 그때의 일이 그림처럼 자주 떠오릅니다.

올해 들어 벌써 10년차 초등학교 교사입니다. 뭔가 다급한 마음에 대학원까지 마쳤으니 가방끈은 길고, 가르치고, 배우고, 또 배움 속에서 가르치고…. 지긋지긋한 학교만 벌써 몇 년을 다녔는지 모릅니다. 이 세상이 다 배움을 주는 학교이니 어쩌면 평생 학교를 다니고 있는 셈이지만요. 세월만큼 이제는 많은 학생들과 인연을 맺었습니다. 한 해만 지나도 이름을 까먹기 일쑤이고, 너무 커버려 때때로 못 알아보기도 합니다. 그러나 이렇게 많은 이들의 만남 속에서 기억할 수 있는 것은 그들의

'눈망울'입니다. 그 '눈망울'에서 전해지는 아이들의 마음….

처음 부임한 날 기억이 납니다. 우리 만남은 '인연'이라고 칠판에 쓰며 커다랗게 우주를 그리고, 그보다 작은 지구를 그리고, 작은 대한민국과 서울 그리고 구로동을 표시하며 ○○초등학교, 그리고 5학년 4반 교실을 표시했습니다. 우리는 '우연'이 아닌 굉장히 소중한 '인연'으로 만났다고 강조하며 앞으로 잘해보자고 다짐했습니다. 준비한 '만남'이라는 노래도 불렀고요.

"우리 만남은 우연이 아니야…."

억지로 손을 부여잡고 부르고 또 불렀답니다. '인연'을 그리 여러 차례 이야기했음에도 그날 일기장에는 절반 이상의 학생들이 선생님께서는 "우리의 만남은 ('인연'이 아닌) '우연'이라고 하셨다." 이렇게 썼더군요. 그 이후 지금까지 많은 시간동안 그렇게 보내주신 귀한 '인연'을 '우연'으로 흘려버린 것은 아닌지 모르겠습니다.

학창시절, 절친한 친구 녀석이 '인생은 고해의 바다'라는 말을 종종했습니다. 그때는 뭐가 그렇게 재미있었는지 배꼽을 잡고 연신 깔깔거렸는데, 다복한 가정에다가 늘 유쾌하고 유머가 넘치는 녀석이 그런 말을 하면 친구들은 웬 생뚱맞은 소리냐고 했습니다. 한참 후에 그 친구는 생일날 방에서 목을 매 자살을 했습니다. 당시에는 너무 놀라 눈물도 콧물도 안 나오더군요. 고통은 누구에게나 감당할 수 없는 크기로 다가오는 것일까요?

"아! 찾았다."
열심히 실랑이 끝에 찾아 제게 내민 것은
'情'이라는 글씨가 쓰여진
가방 속에서 다 부서진 초코파이였습니다.
나는 그때의 이 이 그림처럼 자주 떠오릅니다.

가끔 이 녀석들이 뛰노는 것을 바라볼 때면 흘려들었던 그 말이 아무 힘든 일 없이 살아온 나를 세상 다 산 노인네처럼 만들게 하기도 합니다.

'고해의 바다'

아빠가 100년 전부터 하느님과 살게 됐다는 천진난만한 아이가 학기 초에 늘 주머니에 한 손을 집어넣어 아이들 앞에서 손을 빼라고 강요했더니 슬며시 뺀 손에 다섯 손가락이 없어 충격과 함께 너무나 미안했던 일. 종종 냄새나는 화장실 안에서 문을 걸어 잠그며 몇 시간이고 숨어 있던 아이. 가출을 밥 먹듯이 했던 녀석을 찾아 온 동네를 뒤지고 다니게 했던 아이. 새엄마가 변을 못 가린다며 불로 항문을 지져 병원에 입원했던 아이. 가난으로 영양이 부족해서 시력이 손상되었던 아이. 아빠가 프라이팬으로 손을 지져 격리를 위해 전학을 갔던 아이. 미혼모였던 엄마의 술국을 끓여준다고 가끔 학교에 늦던 아이. 갓 태어난 동생을 봐줄 사람이 없어 결석을 밥 먹듯이 했던 아이. 놀림 당하던 혼혈인 외국인 근로자의 아이. 겉으론 다정했지만 데리고 있었던 것이 번거롭게만 느껴졌던 정신지체 아이. 또 이들의 엄마, 아빠, 할머니….

물론 평범하고 행복한 가정에서 자랐던 아이들도 많았지만 누구를 안다는 것은 어쩌면 불가능한 일인지 모르겠다는 생각을 참 많이 했습니다. 배경을 알기 전에는, 그 환경 속에서 지금 어떤 일이 벌어지고 있는지, 또 친해지기 전에는, 독심술을 터득하기 전에는 알 수가 없겠더군요.

갑자기 짜증이 많아졌거나, 다툼이 많아진 아이를 한참 구박하다 조용히 불러다 놓으면 한참 뒤에 사실은 헤어진 엄마가 보고 싶었다고 엉엉 울어버리는 아이를….

　형에게 비교당하는 것을 원망해 삐뚤어진 행동을 한다는 것도, 가끔 저를 좋아한다거나 반의 누군가를 짝사랑해 그러는 것도, 자신이 왜 그런지 모르겠다는 사춘기 속의 아이들.

　사실 나는, '귀찮다. 힘들다' 때론 '전혀 알고 싶지 않다' 였습니다. '왜 내게 이런 아이들이 주어졌을까?' 라는 푸념을 많이 늘어놓았답니다.

　오랜 시간 동안 저는 두려워했으니까요. 늘 운명이 나를 어찌할까 두려워했고, 온통 '좁은 나' 에게만 집중하고 있었거든요. 작은 녀석들이지만 사람 앞에 서는 게 두렵고, 누군가를 가르친다는 것이 두렵고, 영영 사랑을 하지 못할까 두렵고, 배신당할까 두렵고, 어느 날 갑자기 불구가 될까 두렵고, 남들만큼 못살까 두렵고. 심지어는 귀신이 있을까봐 불을 켜두며 늘 잠을 청하기가 두려웠어요. 죽어 한 줌의 재가 되는 것이, 그 다음 어떻게 되는 건지 알 수 없어 두려웠고요. 겉으론 다정하고 여유로운 미소로 실실 웃고 있었지만….

　내가 너무 못나 믿고, 자신이 없었답니다. 나조차 감당하기 버거운 그릇을 가진 사람이었던 나였으니까요.

　그러다가 20대 후반에 우연, 아니 귀한 인연으로 진정 나를 만나는 길에 들어서게 되었습니다. 어딘가에서 오는 반짝이는 기운을 느끼고, 말씀을 들으며, 깊은 호흡을 통해 언젠가부터 처음으로 내 자신을 떠올려보기 시작했습니다. 아주 어린 시절부터 별의별 것들이 떠오르면서 처음으로 제게 '정말 미안하다, 미안하다' 나를 진심으로 사랑해주지 못해 미안한 마음, 내가 귀한 존재라는 것을 느끼기 시작했습니다.

그 수많았던 만남 특히, 나의 학생으로 만났던 아이들의 '눈망울'이 떠올랐습니다. 부모님의 존재를 빌어 이 세상 밖으로 보내주신 큰 사랑을 한참 동안 저버렸던 것 같아 엉엉 눈물이 났습니다. 아직 쉬운 일은 아니지만 나를 만나러 가는 길목에서 나를 사랑하고, 인정하며 부족한 부분을 채워 나가고 있는 중이랍니다. 내가 받은 그 情을 누군가에게 나누어주기 위해 오늘도 진정한 나 자신을 만날 채비를 하면서요. 그 길을 동행할 많은 이들을 만나며, 함께 이렇게 가르치고 배우며. 그 만남은 앞으로도 계속 되겠지요.

이렇게 귀한 생을 주신 그 사랑을 기억하며, 이 세상의 모든 일들을 크고 작은, 기쁘고도 슬픈, '기쁨' 들로 맞이하면서 말이에요.

흰 눈이 내리는 아침 풍경은 푸근한 동화의 세계로 안내하더니 더 깊은 곳엔 고해의 바다와 맑은 동심에 상처가 여기저기 있네요. 그 안엔 많은 사연이 들어 있어 깜짝 놀랐습니다.

자살을 감행한 친구 분 얘기도 안타깝고, 다양한 가정환경문제를 안고 있는 아이들도요. 이 세상의 선생님들이 새삼 대단하다는 생각을 해봅니다. 사명감 없이는 할 수 없는 일인 것 같아요.

어렸을 때 선배님 같은 선생님이 계셨으면 얼마나 좋았을까요. 좋은 선생님이신 것 같습니다.

이 글을 교지에도 올리시면 어떨까요? 아이들과 한결 더 가까워질지도 모르겠습니다. 세상 모든 '선생님'들께 존경을 표하나이다.

예전엔 감성적인 소년이었는데…. 잃어 버렸던 기억을 되찾은 것 같습니다.

지은이 김나진

1976년생, 초등학교 교사 | 2003년 명상입문

초등학교에서 아이들을 가르치고 있는 평범한 교사입니다. 학생들은 새로운 가르침을 주는 선생이자 저를 비추는 거울입니다. 10년째 매일 이 거울 앞에 서면서 그동안 제 인생에서는 참 많은 변화가 있었습니다.

유복하게 그저 받기만 하며 살아온 환경에서 자란 제가 저마다 각자의 색깔을 가진 다양한 학생들을 대할 때마다 타인에 대한 관심과 사랑이 없다는 것을 느끼면서 참 많이 힘들었습니다. 심신이 지쳐오고 자주 우울해하는 일도 많았습니다.

몇 해 전 좀 더 건강해지고 싶어 우연히 찾은 명상을 통해 몸의 건강뿐 아니라 비로소 마음의 평안을 찾게 되었습니다. 비단 학생들뿐 아니라 그동안 만났던 모든 관계를 되돌아보게 되었고요. 또한 처음으로 제 자신을 제대로 되돌아보는 제 인생의 전환점이 되어 주었습니다.

내가 얼마나 귀한 존재인지, 나를 제대로 사랑하는 법을 배우고 내 자신이, 또 함께 하는 이들과 더불어 우리가 어떻게 살아가야 하는지, 어디로 가야 하는지, 모든 인간이 겪는 생로병사에 대한 무지, 그 두려움에서 벗어나 앎을 조금씩 깨달아 가고 있습니다. 또 이 교직을 통해 누군가를 아낌없이 빛나게 하는 귀한 소임을 받았음을 알았습니다.

명상으로 매일을 시작하며 또 다시 새롭게 태어난 저를 만납니다.

'학생들을 빛내주는 거름이 되자' 오늘도 교문을 들어서며 이렇게 스스로 다짐을 합니다.

순화시대

할아버지께서 돌아가셨다.

"입관합니다. 곡하세요."

"아이고 아이고 아이고…."

작위적이던 곡소리는 신음소리가 섞이더니 점차 통곡이 되어가고 있었다.

"아부지 이래 가믄 어뜨캅니꺼."

살아생전 유난히도 할아버지와 많이 싸우시던 큰 고모는 장례 내내 눈물을 훔치신다. 고성을 주고받던 모습에만 익숙하던 나에게는 사뭇 낯선 모습이다. 할아버지와 큰 고모의 싸움 주제는 주로 술이었다. 돌아가시기 일주일 전까지만 해도 자신의 병이 술 때문이 아님을 굳게 믿으시던 할아버지와 그런 고집을 지독히도 보기 싫어하던 큰고모셨다. 어찌 보면 그 고집마저 닮아있었지만 말이다.

부녀간에 어찌 애틋한 정이야 없었으랴만 한 번도 다정한 모습을 뵌 적이 없었기에 상상이 가질 않는다. 전형적인 경상도 집안이고 표현에

서툰 옛날 분이라지만 해도 좀 너무 했던 것 같다. 하지만 마지막 가는 길 인사에는 속마음이 나오나 보다. 가슴 속 깊이깊이 묻어두었던 사랑은 조금씩 그 얼굴을 비치더니 이제는 수십 년 쌓아 둔 마음을 한꺼번에 토해낸다. 그동안 상처받아 서운했던 마음들은 어느새 녹아 오장육부를 적시고 눈물로 화(化)했으니 그 눈물은 피보다 진한 것이리라. 눈물과 함께 비로소 감사함은 터져 나온다.

"아부지 제가 잘못했습니다."

마음속에 품어왔던 원망은 어느새 사라지고 감사함만이 자리 잡았다. 사람들은 때때로 깨닫는다. 그리고 때때로 그 깨달음이 너무 늦었음을 깨닫는다.

장례식장에 사촌 여동생이 왔다. 근 2년 만이다. 하나뿐인 사촌 여동생인데 말이다.

오랜만에 보는 친척들이지만 왠지 불편한 눈치다. 괜스레 옆에 가 따스하게 쳐다봐 준다. 괜찮다고 눈으로 얘기하면서 말이다. 작은아버지와 숙모는 따로 사신 지 꽤 오래 되셨다. 아니, 좀 더 정확히 말하자면 부부인 것도 아닌, 이혼한 것도 아닌 상태라 해야겠다. 가정불화에다가 능력부족, 돈 문제까지 겹쳐있다. 게다가 돈 문제가 친척들과 얽혀져 있고, 이미 신뢰를 잃어 이래저래 좋은 소리를 못 듣는다. 그러다 보니 이 어린 녀석에게까지 불똥이 튀게 되어 그리 따스한 대접은 못 받는 듯하다.

"많이 힘들지?"

사람들은 모두들 자신만의 상처를 가지고 있지만
어떤 이들은 마음에 생긴 상처를 통해 세상을 바라본다.
그 '상처'라는 마음의 창으로 세상을 바라보면
그것은 사랑이 되고 감사가 되어 세상을 뒤덮는다.

따뜻한 말 한마디에 한참이나 웅크리고 있다. 눈물을 멈출 수가 없나 보다.

"사람들에겐 누구에게나 상처가 있어. 그 상처의 크기만이 다를 뿐이지. 어떤 사람이 되느냐는 상처를 어떻게 승화시키느냐에 달려있어. 그건 더 나은 네가 되도록 하는 원동력이야."

너무 어려운 얘기를 했나 싶었더니 알아들었는지 고개를 끄덕인다. 녀석은 어린 나이에 이미 부모를 책임지려 하고 있었다. 자신이 책임지지 못하면 부모는 스스로 일어서지 못할 거라 생각했나 보다. 자신은 너무나 쉬운 듯, 당연한 듯, 어른이 된 듯 행동하고 있었지만 그 눈은 말해주고 있었다. 자신은 아직 아이라고, 아직 어리다고, 아직은 어리광을 더 부리고 싶다고.

"가끔 전화해."

전화번호를 건네주며 눈을 바라본다. 억지 어른이었던 녀석은 비로소 아이가 되어있다. 세상이 밉고 사람이 미워 서둘러 어른이 되리라 결심했던 그 아이는 다시 사랑받고 싶고 예쁨 받고 싶은 여자 아이로 돌아가 있다. 사람들은 때때로 변해간다. 따스한 말 한마디에.

할머니는 할아버지께서 돌아가셨음에도 장례식장에 가보려 하지 않으신다. 생전에 정이 별로 없음이기도 하거니와 치매를 앓고 계셔서 경황이 없으시기도 하다. 할머니는 치매를 앓으시더니 애기처럼 되어 가신다.

"에미야, 이리 와 봐라."

할머니는 거의 매분마다 가족들을 부르신다. 가보면 주로 손을 잡아 달라거나 일으켜 세워 달라거나 하는 것들을 부탁하신다. 별로 부탁하실 것이 없어도 부르신다. 불안하시고 외로우신가 보다.

어머니는 처음 시집 왔을 때 할머니가 그렇게도 무서웠단다. 자주 호되게 야단을 치셨다고 한다. 다른 식구들에게는 너그럽게 대하시다가도 며느리인 자신에게만 그리 호되게 대하실 때마다 참 많은 상처가 가슴속에 점점이 박혀 화병이 되었단다. 그러고도 20년간 따스한 눈길을 못 느끼셨단다. 너무나 사랑하던 아들을 며느리에게 빼앗긴 상실감을 어찌할 수가 없으셨나 보다. 그렇게 밉던 시어머니가 이제는 애기처럼 되어서 자신을 부를 때마다 어머니의 느낌도 남다를 것 같다. 가끔씩 어머니는 할머니께 이렇게 묻는다.

"어무이, 그때 나 혼냈던 거 기억 나는교?"

할머니는 갑자기 어색하게 무표정해져서는 고개를 절레절레 흔든다. 울 수도 없고, 웃을 수도 없는 상황 속에서 어머니는 가슴 속 얽힌 실타래를 하나씩 하나씩 풀어간다.

"다 내 업보다. 업보를 닦을 수 있는 기회니까 고마운 일 아니겠나."

어찌 고맙기만 할 텐가. 가슴을 치고 통곡한 세월이 어디 하루 이틀이 겠는가. 원망하고 원망하다 가슴이 문드러져 이제는 그만하자 포기하자 했던 수많은 세월이 뇌리를 스치실 게다. 하지만 더 기억해 무엇 하리. 모두 다 내 탓이다. 모두 다 내 업보다. 내 전생에 무슨 죄를 지었는지 모르지만 원인 없는 결과가 있을까. 모두 다 내 탓이다.

어머니는 그동안 쌓인 울화를 삼키고 녹이고 울어내고 또 다시 삼키어 그 속에서 사랑을 증류해 내신다. 할머니의 마음도 사랑이었음을, 모두 다 사랑임을 알아내신다. 또 다시 할머니는 어머니를 부르신다.

"에미야, 내 손 좀 잡아도고."

"어무이, 왜 진작 안 그러셨습니꺼."

어머니는 따스한 눈길로 할머니를 바라본다. 할머니의 눈빛도 더없이 자애롭다. 사람들은 때때로 깨닫는다. 모두 다 사랑임을.

사람들은 모두들 자신만의 상처를 가지고 있지만 저마다 대처하는 방법은 다르다. 많은 이들은 마음의 상처만큼이나 다른 이들을 미워하고 자신을 미워하지만, 어떤 이들은 마음에 생긴 상처를 통해 세상을 바라본다. 그 '상처'라는 마음의 창으로 세상을 바라보면 그것은 사랑이 되고 감사가 되어 세상을 뒤덮는다. 그것이 세상을 덮는 힘은 상상 이상으로 대단해서 주변의 몇 명을 덮는가 싶더니 어느새 도시를 덮고 나라를 덮으며 천하를 덮는다. 그리고 그 힘은 돌고 돌아 나에게로 오니 어느새 세상은 순화(純化)되어 간다.

오호라! 나는 이미 '순화시대(純化時代)'에 살고 있지 않은가!

나이도 젊으신 분이 글에는 연륜이 묻어나는 것 같습니다. 참으로 따뜻한 의원이 되실 것 같습니다.

작가를 보지 않고 읽었더라도 은기님 생각이 났을 것 같습니다. 은기님이 묻어나는 글이네요. 진중하면서도 여유 있는 느낌이 들고요. 잘 읽었습니다.

어른스러움과 사려 깊음이 묻어나는 글이네요. 옆에서 본 은기님은 귀엽고 천진난만함이 또 매력입니다.

천하를 덮고 돌아와서 다시 천하로 뻗치는 순화의 힘. 은기님이 그 중심에 서있으리라 생각됩니다.

상처를 통해 사랑으로 보듬어 안는 통찰! 순화시대에 함께 살게 되어 좋습니다. 항상 느끼지만 오라버니 같습니다.

지은이 박은기

1985년생, 한의사 | 2003년 명상입문

답답하기만 했던 세상이 호흡명상을 통해 열린 마음으로 보니 어느새 아름답게만 보여 하루하루 행복하게 살아가고 있는 한 청년.
진정한 의사는 사람의 마음을 다스리는 이라 생각하여 글과 말을 통해 세상의 순화를 꿈꾸는 한 청년.
자신의 글과 말을 통해 사람들이 아주 조금은 순화되고 아주 조금은 행복해져 서로 사랑하고 감사한다면 그것으로 충분할 한 청년.

하하하, 바닥이라는 것은

인생의 정점을 살고 있는 아해들에게

자네들 철저히 밑바닥까지 내려가 본 적 있나? 한 번도 없어? 쯧쯧. 그렇다면 나와 함께 그 세상 한번 놀러 가보지 않겠나? 그 세상은 자네들이 살고 있는 곳과는 차원이 다르네. 그러나 저러나 자네 지금 만족하나? 뭐 만족하면 그리 살구…. 사실, 가기 전엔 아주 죽을 맛이네. 내 어찌하면 안 내려가 보려고 여기저기 대롱대롱 하느님께 변명도 하고, 협박도 하고, 협상까지 해봤다네.

돈이 없다는 것. 또 그 때문에 친구도 만날 수 없다는 것. 주변에 그 흔한 남자도 없다는 것. 첨에는 도저히 견딜 수 없었네. 내 이제껏 버텨온 건 알량한 자존심 하나 때문인데 그게 사실 외적인 것도 받쳐줘야 가능했거든. 근데 그런 거 하나 없이도 내 진짜 잘날 수 있는지는 자신이 없었네. 솔직하게 말하면 고거라도 없으면 내 nothing! nothing!!이지. 그래서 왜 정점일 때 놓아버리라고 하는 줄 알겠나? 그게 아름다운 것이야. 내 지나고 보니 알겠네. 결국은 그거더라고.

요 정점이라는 자 계속 붙들고 있으면 신경 쓰이는 게 한두 가지가 아니라네. 우울증 생기지. 우울증? 이게 아주 고~얀 놈일세. 지금 죽고 싶어 죽겠다고? 그러면 이놈 한번 불러보게. 즉효약이지. 요놈이 도지면 조물주님이 와도 소용없지 싶어. 그 누군가? 그래, 유명한 여배우 ○○○. 그 처자도 정점 세상의 너희 동족 아니던가? 그렇게 바닥 세상 안 가려고 아등바등했다지? 근데 함 보게. 바닥 세상에 안 가려다 이놈한테 굴복했잖아. 또 누구 있나? 영화배우 ○○○. 내 그 아가씨 나이치고 연기 잘한다고 좋아했는데 그리 허망하게 자살하고 말데? 내 자꾸 남의 치부만 드러내어 비판하는 것 같나?

그러면 내 이야기를 한번 해 봄세. 내 풋풋한 20살 시절, '허준'이라는 드라마가 유행이었어. 나와 같은 이름의 '예진아씨'가 사모해 마지않는 허준 의원님께 "이 환자 양기가 모자라옵니다. 양기가 모자란 듯하옵니다."라고 조곤조곤 말하곤 했었지. 내 그때 늦봄바람 살랑거림에 남자친구가 얼마나 사귀고 싶든지! 주위 친구들 3, 4월에는 나하고만 다니려 하더니 남자친구 생기자 다들 떠나데? 그래서 나도 외치고 다녔지. "아~ 양기 모자라, 양기 모자라." 헤헤, 아직 결혼도 안 한 처자가 입이 너무 걸걸하지? 근데 어쩌나 내 진짜 이리 말하고 다녔는걸. 정 듣기 거북하면 이 부분만 살포시 가려주게. 마침 키 178cm의 S대 법대 다니는 동갑네기 남학생이 홀연히 나타났네. 이 정도면 처음 사귀는 남자친구치고는 외적인 조건으로는 꽤 괜찮지 않은가? 아, 근데 나 이 아해랑 사귀면서 얼마나 힘들었는지 모르네. 자존심은 하늘을 찌르지, 허영심은 또 어떻고. 내 지금 생각해 보면 참 그 아이 인생도 나름 힘들었겠구나 하고 측은함은 드네. 1등만 해오다가 그쪽 동네에서는 안 알아주니까 거짓말 해대었을 테고 이름만 예진이었던 여자친구를 '허준의 예진아씨' 닮았다고 떠들어 대는 통에 내 얼마나 쪽팔렸는지 아나? 그래서 그 아이 친구 어느 날 나보고 曰, "에이, A급은 아니네~"

자네들 밑바닥이 얼마나 편한 줄 모르지? 이 세상에서는 술 그득하게 마신 후에 발가벗고 '오빠는 풍각쟁이야'를 대통령 아저씨 앞에서 부를 수도 있고, '모래요정 바람돌이'를 우리 선생님 앞에서도 부를 수 있는 용기를 준다네. 한번쯤 그렇게 해볼 수 있는 것 멋있지 않은가? 내 좋아하는 시 구절 중에 'Heaven as Blanket, Earth as Pillow'라는 게 있네. 이것이 정답이네, 정답이야. 바닥에 있으면 온 세상 다 자네 것이네 이게 다 자네 것이라고. 그러니 정점에 있는 아해들 나와 함께 바닥세상 한번 같이 살아보지 않겠나?

고만 좀 질질 짜거래이. 미안하다. 첫 마디부터가 호통질이어서. 내 너희들 미워서 그런 것은 아니다. 안타까우니까 그런 것이지. 나도 같이 바닥인생 사는 처지인데 너희들 맘 이해 못하겠느냐? 너거들 말이다, 잘 생각해 보거라. 사실은 너거들 진짜 편하게 살고 있는 거다. 누가 돈 벌어오라고 카나, 또 잘 보일 미끈한 남정네가 있나? 섹시한 여성이 있나?

바닥이라는 것은 니가 그만큼 부자가 될 수 있다는 거다.
또 지금 니 모습에서 쪼매만 꾸미도 사람들 반응 좀 보래이.
"이제 보니 미남인데?" "눈이 초롱초롱 한데?"
맘만 먹으면 세상 남자들 여자들 다 니께 될 수 있다꼬.

그래, 얼라들, 니들은 성적 걱정할 필요도 없다. 꼴등인데 뭐. 누가 니한테 기대 안하니까 얼마나 부담 없고 좋노? 왜? 내 이 카니까 기분 나쁘나? 아니 데이, 잘 들어 보거 레이….

바닥이라는 것은 니가 그만큼 부자가 될 수 있다는 거다. 니 쪼매만 공부해봐라. 1등짜리 그놈 아는 밤낮 공부해야 겨우 그 자리 지킬 수 있는데 니는 하루 10분만 투자 하면 10등 20등 오르는 건 금방이데이. 또 지금 니 모습에서 쪼매만 꾸미도 사람들 반응 좀 보래이. "이제 보니 미남인데?" "눈이 초롱초롱 한데?" 맘만 먹으면 세상 남자들 여자들 다 니께 될 수 있다꼬. 그리고… 또 누구 있노? 그래! 돈도 없고 세상에서도 버림받아서 거지 노릇하는 아해들 좀 보소. 너거들 부끄럽나? 아니데이. 누가 다 죽어가는 목소리로 멀쩡한 눈 있는데 맹인인 척하면서 지하철 한 칸 한 칸 안 다치고 넘어가노. 그거는 대단한 재주데이. 또 한 바퀴에 최소 3만 원은 안 버나? 이거 공짜 세상공부, 연기공부 또 돈 주고는 절대 살 수 없는 '용기' 라는 힘을 주지 않나? 내사 그거 아무도 못하는 대단한 기라고 생각한다.

아 그리고, 딴 사람 등쳐먹고 사는 아해들. 내 안다 너거들 돈 없고 하고 싶은 건 많은데 능력은 안 되고. 그래서 익힌 능력이 살살거리고 남자 비유 맞춰가면서, 여자 비위 맞춰가면서 살아야 하는 것. 근데 그게 참~ 힘든 것이제. 내 보니까 여자들은 쉴 새 없이 외모 가꿔야 하고 남자들은 여자들 모성애 자극해야 하고. 어떻게 하면 쉽게 끌 수 있는지 쉽게 자극시킬 수 있는지 연구하고 연습해야 되지 않냐꼬? 근데 야들아 그래 살면 안 피곤하나? 안 피곤하다꼬? 니는 안 피곤해도 상대방은 안 그렇데이. 겉으로는 니한테 미안한 척하지만 실제로는 피 같은 돈 그리 쉽게 줄라 카나? 돈 없는 거는 너무 티내지 말기라. 니 한 몸 니가 책임질 줄 알아야제.

근데 말이다. 내 궁금한 것 하나있다. 너거들 바닥인생 살지만서도 진짜 '찌질이' 들이가? 내 너거들 하고 얘기해보니 만만찮은 자존심은 다 있데? 그래…. 내 대단하게 생각한다. 그래서 선물하나 주려고. 원래 이거는 너무너무 비싼 기라서 맨입에는 안 줄라켔는데. 거지왕 김춘삼이가 부하 돈 다 끌어준다고 해도 안 줄라고 켔는데 내 오늘은 술 한 잔 했는지 알딸딸해서 그냥 말하께.

사실은… 생각만 쪼매 바꾸면 된다. 만날 남한테 손 벌릴 궁리하고 한탄할 적에, 잘 보일 궁리할 때, 살 뺄 시간에, 표정 연습할 적에, '내 우짜면 남한테 손 안 벌리고 잘 묵고 살아 보겠노?' 이 생각만 하면 된데이.

참~~ 쉽제이? 그래. 뭐 하라는 것도 아니고 생각만 하면 된다카이. 못 믿겠다꼬? 그러면 내 실화를 하나 들려주께. 너거들 '앤디(Andy)' 아나? 신화의 '앤디(Andy)'. 그놈 아는 신화의 막내이고 꽤 곱상하게 생긴 아해인데, 정 모르겠으면 인터넷 함 찾아 봐라 내가 그거까지 찾아줘야겠나? 수업료도 안 받는데. 그놈 아가 10년 동안 그 그룹에서 속된말로 '무존재' 였거든. 심지어 팬들도 '앤디'가 거기에 있는지 없는지 잘 몰랐다 카더라. 특기도 엄꼬, 인기도 엄꼬, 뭐 할지도 모르겠제. 보통 사람들 같으면 벌써 그만둬도 그만뒀을 끼다. 근데 나는 갸가 10년 동안 헛되이 살지 않았다는 것을 '우결'을 통해 알게 됐데이. 이제는 '앤디' 카면 동네 아줌마들도 다 안다 아니가. 그놈 아가 요즘 1등 신랑감 아니가. 나도 실은 갸가 좋다.

내 여러 말 안 한다. 첨에는 니 해오던 대로 살아도 된다. 근데 생각만 바꿔라 그러면 한 달 아니 일주일만 지나도 무슨 소식이 올 끼다. 내 경험으로 자신 있게 말해 줄 수 있다. 그래서 원하는 대로 정점 세계에 한번 가게 되걸랑 내 수업료 대신 이거 하나 부탁할께. '바닥'이라는 자 만나면 큰 절이나 한번 해라. 내 바람은 그것뿐이데이.

허당(虛堂) 김예진

글을 읽으면서 히죽 웃음이 났어요. 왜냐고요? 참 재미있게 쓰셔서. 왜 재미있느냐고요? 점디점은 예진 님의 바닥! 그게 재밌었지요. 바닥은 남녀노소 누구에게나 존재하는가 봅니다. 바닥이면 오르는 일만 남았겠지요.

그러고 보니 옛날 생각나네요. 정점과 바닥이라. 모 법대도, A급 관련 얘기도, 어디서 겪어봤던 일화 같습니다. 바닥이 올라갈 공간이 있어 외려 나은 듯합니다.

ㅋㅋ 언니의 글 너무 재미있고 인상 깊어요. 하하~ 정점과 바닥이 별로 다를 게 없다는 생각도 드네요~ 생각해볼 수 있게 해주셔서 감사해요.

하하하~ 이토록 경상도 할매의 구수한 사투리를 구사하시는 아해님인 줄은 몰랐습니다. 바로 옆에서 이야기해주시는 듯한 구어체! 넘 재밌게 봤습니다.

정점과 바닥. 극과 극은 통한다는데, 이젠 어디를 구경시켜 주시려우? 너무 재미있습니다. 예진아씨.

지은이 김예진

1981년생, 영어강사 | 2005년 명상입문

뭐가 그리 급했는지 택시 안에서 '응애~' 하고 태어났습니다. 참 별나게도 태어났지요. 이 때문인지 저는 어렸을 적부터 여행을 참 많이 했습니다. 일기장을 보면 주말마다 '어디어디를 다녀왔다' 라는 글이 빠짐없이 있을 정도였으니까요. 지금같이 게으르고 방콕을 좋아하는 저로서는 엄두도 못 낼 노릇입니다. 헤헤헤.

흠. 아주 평범한 저의 이야기를 할까 합니다. 그냥 남들 다가는 학교 다니고 학원 다니고 사랑도 해보고 싸움도 해보고 그렇게 살았는데 남들과 조금 다른 점이 있긴 했습니다. 바로 뭘 해도 재미가 없었다는 것이었어요. 제가 살아가는 힘은 '궁금함' 때문이었지요. 내가 왜 사는지 왜 태어났는지 사람들은 왜 저런 행동을 하는 것인지 항상 '왜, 왜, 왜?' 라는 질문을 달고 살았어요. 답은 모르겠지 그래도 살아야겠기에 저의 삶의 목표는 그때부터 '뭔지는 모르지만 좀 잘나가보자!' 이렇게 되었습니다. 공부도 열심히 했고, 대학원도 가고, 좋은 직장에도 다니며 나름대로 커리어 우먼처럼 살았습니다. 하지만 여전히 마음 한구석은 늘 '도망치고 싶다' '내 길은 무엇일까?' 이런 생각으로 살았지요…. 그리고 마침내 용기를 내어 사표를 썼습니다. 우연히 명상을 알게 되었고….

그 후로 저의 삶은 많이 바뀌었답니다. 하루하루를 쓸데없이 낭비하고, 집에 오면 자기 바쁘고, 별 희망도 없이 살아가다가 이제는 하고 싶은 것도 불끈불끈 생기고, 겉으로 보기에는 예전만 못하지만 지금 하고 있는 일이 참 좋고, 친구들도, 가족들도 너무너무 소중하다는 것입니다. 참 평범하지요?

그런데 말입니다. 항상 특별해야 좋은 건가요? 내가 좋으면 그만이지. 이제는 그 예쁜 연예인도, 잘나가는 비즈니스맨도, 연예박사 제 친구도, 벌써 사모님 소리 듣고 사는 동창도 전~~혀 부럽지 않답니다. 헤헤. 솔직하게 말하면 예쁜 외모는 좀 부럽기도 해요. 막상 너 성형수술 할래? 라고 하면 하지도 않을 거면서 말입니다.

명상을 통해 느낀 것은 제가 행복하지 않으니 이런저런 불만이 생기게 되고 자기 것만 챙기게 되었는데 스스로가 행복하니 남을 돌아보고 삶을 돌아보고 또 감사하는 마음이 저절로 생기더군요. 여러분도 그런 마음 꼭 찾을 수 있기를 바래요. 전혀 특별할 것 없는 사람의 이야기 들어주셔서 감사해요. 그리고 사랑해요.

함께 해줘서 고마워

'이제 괜찮아질 거야. 조금만, 조금만 더 시간이 지나면…'

긴긴 밤들을 뜬 눈으로 새워가며 조금만 있으면 좋아질 거라고 스스로를 위로했다. 1분 1초가 길고 더디게 지나갔다. 누구에게나 공평하게 절대치로 주어지는 시간이건만, 고통이 동반된 시간은 마치 영원할 것처럼 느껴진다. 지독하게 아팠다. 원인도 모른 채.

몸이 찢어지는 듯한 고통으로 길거리에 주저앉았다가 겨우 집으로 다시 되돌아왔던 그때가 아마 21살 봄이었던 것 같다. 부푼 꿈과 설렘을 안고 대학에 다니던 시절. 예고되지 않는 소나기처럼 갑작스럽게 고통은 찾아오더니 그 후 길고 지리한 장마처럼 지긋지긋하게 따라다니기 시작했다.

"난소낭종입니다. 두 군데 난소에 각각 8cm 크기의 종양이 있습니다."

그토록 몸이 아팠던 원인이 바로 난소에 자라고 있는 종양 때문이었다는 것을 알게 되었다. 대학을 졸업하고 미진했던 공부를 마치고 싶어 값비싼 레슨비를 치러가며 두 번째 피아노 리사이틀을 준비하고 있을 때, 연주회를 일주일 앞두고 참을 수 없을 정도로 강도를 더해가는 복통 때문에 응급실로 실려 갔다.

과도한 긴장감과 신경과민 때문에 일어난 신경성 복통이거나, 심하면 급성맹장 정도로 생각했는데 의사는 듣도 보도 못한 생소한 병명을 알려주며 아직 젊고 결혼하지 않았으니 선택에 신중을 기하라고 한다. 두 군데 난소를 다 제거하면, 종양은 사라지지만 아이를 낳을 수 없게 되고 호르몬 생성을 하지 못해 급격히 늙어버리게 되고, 종양만 제거하면 재발률이 잦은 병이라 또 언젠가 재수술을 해야 할지 모르며 그냥 두었을 경우, 계속되는 고통은 물론이고 운이 나쁘면 암으로도 전이 될지도 모르는 일이라고.

전혀 상상치도 못한 일이었기에 의사의 말은 청천벽력 같았다. 여러 난관이 예상되는 꽤 난해한 병이 내 몸 안에 있었던 것이다.

'아! 내게 왜 이런 일이 생긴 걸까? 난 열심히 살았는데. 남에게 크게 잘못한 일도 없는데…'

누군가를, 어딘가를 원망해가며 병원벤치에 앉아 눈이 퉁퉁 붓도록 울고 또 울었다. 26살. 아직은 못해본 것이 더 많고, 인생에 대한 기대도 꿈도 너무 많은 나이. 어떠한 실수도 젊음이란 이름으로 용납되는 가장 아름답고 싱그러운 나이에 말이다.

"수술은 안 해! 어떻게든 나을 수 있다니까!"

나는 부모님께 완고하게 고집을 부렸고 지켜볼 수밖에 없었던 당신들은 어쩔 수 없이 고개를 끄덕이셨다. 원하는 대로 해보라고…. 무슨 신념으로 그런 말을 했었는지 지금도 잘 알 수는 없지만, 아무것도 해보지 못하고 그냥 수술을 한다면 너무 쉽게 패배자가 되는 것 같아서였을까. 그 후 길고 긴 고통과의 싸움이었다. 지독한 아픔 속에서 때론 죽고 싶다는 생각을 하기도 했다.

짓궂게도 난, 인생에 애착이 많았다. 근사하고 삐까번쩍한 인생은 아니더라도 보란 듯 행복해지고 싶었다. 제대로 잘 살아보고 싶었다. 사랑하는 사람과 결혼해서 가정을 꾸리고, 받아보지 못한 사랑을 맘껏 받으며, 누리지 못했던 행복, 평안… 그 모든 것들은 내가 노력하면 이룰 수 있는 것이라 생각했으니까. 하지만 난소낭종이란 생소한 병은 많은 것을 바꿔놓았다.

최고 학벌에 부모의 기대를 한 몸에 받고 있는 남자친구에게 언제까지나 날 기다려달라고 할 수 없었고, 대학원 대신이라며 톡톡히 투자해왔던 레슨과 계획했었던 리사이틀 모두 중단할 수밖에 없었다. 내가 바라고 계획했던 꿈들은 점점 멀어져가고 있었다. 상황은 그다지 좋아지지 않았지만 이상하리만큼 침착했으며, 반드시 나을 수 있는 방법이 있다고 굳게 믿고 있었다.

몸과 마음은 바닥이었다. 며칠씩 몸져누울 정도로 아픈 날은 꼼짝도 않고 누워서 창밖의 나뭇잎을 종일 바라보기도 했다. 누워서 보는 나뭇

고통은 내게,
다른 문을 열어주고 있었다.
아프기 전엔 결코 느껴보지 못했던 평범하고 사소한 일들,
생명이 있는 하찮아 보이는 모든 생명체가
신비롭고 귀하게 여겨졌다.

잎은 유난히 싱그럽게 반짝반짝 반사되며 마치 해가 부서지는 소리를 내며 흔들리고 있었다.

어떤 날은 '째.깍.째.깍' 하는 시계소리에 의식과 고통이 더 또렷이 각성되어 언제 끝날지 모르는 이 고통을 죽음으로써 끝내고 싶은 마음이 들기도 했다. 가물가물한 의식 속에서 창 너머로 두런두런 들려오는 사람들의 평범한 일상이 어찌나 평화롭고 부럽게만 보이던지….

지속되는 통증은 그걸 견뎌내는 것만으로도 너무나 힘겹고 버겁다. 그렇게 수많은 시간을 홀로 보내며 아픔을 대신해 줄 사람은 없다는 것, 내 눈물을 닦아줄 사람은 아무도 없다고 생각하기 시작했다. 별 욕심 없이 남들 누리는 행복만큼, 꼭 그만큼만 가졌으면 했는데 나에겐 그걸 누릴 자격이 없었을까. 삶이라는 끈을 스르르 놓아버리고 싶었다. 그럴 수만 있다면.

'왜 아픈 걸까? 전생에 죄를 많이 지었을까? 이렇게 아픈데 죽을 땐 얼마나 아플까? 이러다 죽으면 어디로 갈까? 나보다 더 아픈 사람들은 어떡하지? 과연 신은 있는 걸까?'

참으로 많은 생각들이 스쳐 지나갔지만 내가 알 수 있는 것 또한 없었다. 고통이 지나고 나면 그간의 보상이라도 받으려는 듯 더 억척스럽게 살았던 것 같다. 식이요법, 등산, 병과 마음을 다스리는 온갖 책과 정보를 찾아다니며 병에게 무릎 꿇지 않으려고 열심히 살아가고 있었다.

하지만 몸은 점점 더 쇠약해져 갔고 여기저기 아프다고 아우성치고 있었다. 그러면서 점차 고통을 받아들여갔다.

인간은 때론, 그냥 견디는 것 이외에 자신의 의지대로 할 수 있는 것이 없다는 것을 깨달았기 때문일까. 조금씩 고통을 친구로 맞이하기 시작했을 무렵 명상을 만났다. 삶을 돌아보고 본래의 나를 찾아가는 명상을 하면서 인간에게는 각각 다른 모습의 고통이 존재한다는 것, 마음을 다스리는 법과 그에 관한 수많은 비밀, 그리고 예전에 가졌던 꿈보다 더 귀하고 가치 있는 삶을 엿볼 수 있게 되었다.

고통은 내게, 다른 문을 열어주고 있었다.

아프기 전엔 결코 느껴보지 못했던 평범하고 사소한 일들, 생명이 있는 하찮아 보이는 모든 생명체가 신비롭고 귀하게 여겨졌다. 고통 뒤에 느껴지는 삶은 예전과는 달랐으며 새로운 세계가 열리는 그 경이를 조금씩 조금씩 느껴가고 있었다. 두꺼운 껍질이 하나하나 벗겨지면서 그 위로 새살이 돋아나듯 나는 다시 태어나고 있었다. 그리고 조금 덜 아픈 것에 대해, 매일 주어지는 평범한 하루, 내가 누릴 수 있는 시간들이 아름답게 느껴졌으며 작은 일들에 대해 감사할 줄 알게 되었다. 많은 시간이 흘렀다. 점점 근원적인 행복에 물들어갔다.

그러자 갖은 우여곡절 끝에, 낫기 어렵다던 병도 차츰 차도를 보이면서 점차로 건강해져가고 있었으며 이젠 내게 주어진 생을 만끽할 여유가 생겼다. 비록 불같은 사랑도, 단란한 가정을 꾸리는 일도, 멋진 드레스를 입고 무대에서 피아노를 연주하는 일도 모두 미완의 꿈으로 남았지만, 지금 더없이 행복하다.

고통은 내 인생을 풍부하게 만들어 주었으며 더 많은 사람들을 만나 가족보다 더한 정을 나눌 수 있도록 비좁은 울타리를 치워주었으며 예전엔 몰랐던, 내가 진정으로 원하는 일을 하면서 보다 넓은 세계와 교감하며 살아갈 수 있도록 나를 안내해 주었다. 원망하는 마음을 감사함으로 바꿔놓았고, 결코 알지 못했던 모든 생명에 대한 귀함과 사랑을 느낄 수 있게 해주었다. 고통을 안고 몸부림치며 살아가는 모든 이들의 삶과 내 자신까지. 만약 내가 건강하고 살아가는 데 아무런 불편이 없었다면?

내 잘난 맛에 살아가고 있겠지. 지는 것을 무척이나 싫어하고 자존심 강한 그 성격에, 나에게나 남에게나 빈틈없이 깐깐하게 굴며 세상의 부조리와 타인의 어리석음을 한탄하면서. 때론 인간이 아무리 용을 써도 어쩔 수 없는 것이 있다는 것도, 모든 것에는 이유가 있으며 어떤 거대한 섭리에 의해 세상이 돌아간다는 것도 알지 못한 채로.

아팠던 배를 물끄러미 바라보며 자기연민에 빠져본다. 여기 저기 흥터뿐인 내 몸. 많이 아파서 지치고 힘겨웠을 내 몸. 수많았던 고통의 시간을 함께 해준 내 몸. 손가락, 발가락, 어디 한군데도 내놓을 만큼 예쁜 구석은 없지만 가만히 쓰다듬어 본다. 고마워.

고통도 아픔도 슬픔도 기쁨도, 모두 함께 해줘서 고마워….

오늘같이 따뜻한 햇살이 눈부시게 쏟아질 때, 부실투성이인 나를 누구보다도 사랑하는 하늘의 섭리를 느낀다. 모든 생명이 존재하고 살아가는 이유와 누구보다 이들을 사랑하는 그 어떤 섭리를….

그간의 고통과 아픔이 제 가슴에서 눈물이 되어 흘러내리네요. 맑고, 밝고, 따뜻하고, 가볍습니다.

그 고통의 산물이 아름다운 그림으로 피어나나 봅니다.

고통 속에서 아름답게 피어나셨네요. 지금은 항상 웃고 계셔서 예전의 모습은 전혀 찾아볼 수가 없는데요.

제가 처음 만나 뵙던 철없던 시절(지금도 철은 별로 없지만요^^) 님을 본받고 싶다는 생각을 했습니다. 늘 웃으시는 모습과 밝은 모습이 너무 좋아서요. 하하! 뵐 때마다 연꽃이 생각났거든요. 지나간 시간을 돌아볼 수 있게 해주셔서 감사드립니다.

고통은 역시 우리가 가장 감사해야 할 대상임을 다시 한 번 깨닫게 해 주시네요. 님이 더욱 가깝게 느껴집니다.

지은이 최경아

1971년생, 명상화가 | 1998년 명상입문

아름다운 것을 사랑하는 자유인. 자연을 바라보며 그림 그리는 일을 즐겨함. 어릴 때부터 병약했던지 짜증을 많이 내고 학교가기를 싫어했음. 20대 초반 '난소낭종'이란 병을 떠안고 세상이 끝인 줄 알고 심각하게 고민하다가 과감히 피아노 뚜껑을 닫고 건강해지기 위해 백방으로 노력하던 중 명상을 접하게 됨.

명상이란 세계에 매혹되어 자신을 찾아가는 일에 관심을 갖다보니 어느새 나이는 삼십 중반을 훌쩍 넘어버렸음. 지독한 아픔 속에서 새로운 깨달음을 얻고 인생을 더 풍부하게 보게 되어 모든 것에 감사한 마음을 갖게 되자 성격이 약간 개조됨.^^

역시 사람은 고통 속에서 성장한다는 것을 깨닫게 되어 결국 자기 자신도 사랑하게 됨. 하늘이 잘 보이는 전망 좋은 곳에서 행복한 비명을 지르며 살아가는 중.

돌고 도는 세상

지극히 현실적이고 에너지 넘치는 엄마와 음악과 악기연주가 삶의 낙인, 생활력 없고 비현실적인 아버지와의 갈등 속에서 나는 성장했다. 똑똑하고 딱 부러지는 엄마와 둘째, 셋째 언니들은 늘 토닥거렸고 엄마의 기대치에 못 미치던 우등생 오빠는 고등학교 때 노이로제 증세로 병원을 들락거리더니 멍하니 천장을 바라보며 누워만 있던 모습이 떠오른다.

그런 상황에서 막내인 나는 정신적인 방황을 시작했고 사람을 기피하며 책만 끼고 살았다. 아비를 닮아 어리석고 세상물정도 모른다고 엄마는 유독 나를 싫어하셨고 나는 엄마의 강함을 싫어했다. 맘에 안 드는 것투성이인 당신의 기준점은 옳았고 그게 아닐 땐 화를 내시곤 하셨다. 그렇게 행동할 수밖에 없는 나 나름대로의 이유가 있는데도, 대들다가 더 다치면 안 될 것 같은 자기방어였을까?

한마디도 대들지 못하고 울기만 했었다. 다른 언니들은 맞부딪혀 싸우고 소리도 지르던데 왜 난 울기만 했을까.

'엄마는 독하고 차원도 낮고 뭘 몰라. 엄마가 싫어, 싫어. 난 착하고

좋은 사람인데 엄마 때문에 내 인생이 망가졌어!'

맘속에서 늘 위안 삼던 말이었다. 엄마에게 사랑받고 싶었던 만큼 엄마의 감정에 좌지우지되었다. 입고 싶은 것, 먹고 싶은 것, 하고 싶은 것도 내가 원하던 대로 해보질 못했다. 눈치 보며 엄마가 원하는 대로 살았다. 아이로서의 자연스런 기본 욕구가 차단된 덕분에 자연스런 기본 감정들을 즐길 줄 모르게 되었고 먹는 것도, 자는 것도, 노는 것도 흥미가 없어지고 사는 것이 싫었다. 마음에 커다란 구멍이 생겨났다. 불안정한 정서와, 타는 갈증을 안고 많은 단체들을 기웃거렸다.

가는 곳마다 엄마의 복사판인 강한 윗사람들 밑에서 눈물 빠지는 시집살이를 했다. 내 편은 하나도 없는 것 같고 너무 외로워서 죽고만 싶었다. 완전한 믿음을 가지고 나를 던지고 싶은 세계도 없었으며 나를 있는 그대로 받아주는 그 무엇도 없었다. 나는 나만을 사랑해 줄 부드럽고 자상하고 따뜻한 남자의 모습을 그리며 상상하고 있었고 그러던 어느 날 정말 그렇게 보이는 남자를 만났다. 부드럽고 따뜻하고 나를 예뻐해 주고 단 한 번도 화내는 것을 본적이 없었다. 엄마에게 못 받았던 사랑을 퍼붓듯 주니 넘 행복했고 감사했다.

그런데 시간이 지날수록, 생활력 없고 비현실적이고 엉뚱한 생각만 하는 그가 답답했다. 점점 내 목소리가 커지기 시작했다. 맹한 사람이 더 맹한 사람을 만났던 것이다. 이때다 싶어, 그동안 가슴속에 빼곡히 쌓여있던 비뚤어진 언어들을 쏟아내기 시작했다.

"이건 이렇고 저건 저래야지, 아니 왜 이것도 못해, 머리가 돌이냐구!

흘러가는 그대로 받아들여야 함을
조금은 이해할 것 같다.
돌고 도는 세상살이이다.
내 속에 네가 있고 네 속에 내가 있고
이것도 맞고 저것도 맞다.

아니, 이런 생각도 안돌아가? 어휴~~미쳐 버리겠네!!!"

한번 쏟아내고 교묘하게 상대의 반응을 살핀다. 어~ 가만있네, 내 말이 맞단 말이지. 당연히 맞지. 그리곤 판단한다. 이 사람한테는 이래도 되는구나. 나중에는 다른 일에 스트레스 받아도 그에게 다 풀었다. 받아주니까. 그가 내가 되고 내가 엄마가 되어 있었다.

어릴 때 엄마가 하시던 그 말투, 짜증을 내가 그대로 재연하고 있었다. 불쌍하고 안타까운 마음이 들 때면 더 화가 났다. 무조건 좋아, 좋아, 좋다고만 하니 저런 생각으로 앞으로 이 험난한 세상을 어떻게 살아가나…, 바보같이 당하지만 말고 살아도….

화를 내고 나면 마음이 저렸지만 일부러 더 독한 표정을 지었다. 안보면 미안하고 더 잘해줘야지 하면서도 보면 제어가 안 되었다. 그러는 중에 알게 되었다. 화를 내는 감정 중에는 상대가 미운 것도 있었지만 대부분은 내 속에 쌓여있던 분노와 억울함의 하소연이었다. 단지 그가 옆에 있었고 거부하지 않고 받아주니 그에게 쏟아낼 뿐이었다. 내가 살고자 하는 몸부림이었고 상대의 죄명은 나의 독설을 허용해 준 것일 뿐….

엄마도 그랬을까.

아무것도 없는 집에 시집와서 그리도 구박했던 시어머니, 돈 개념 없고 남 좋은 일만 시키다 바람까지 핀 남편, 다섯 자식들을 책임지며 쉴틈 없이 몸을 움직여야 했던 엄마의 일생. 그 응어리진 한을 가장 잘 받아들였던 막내에게 푸셨던가보다. 그것은 사랑을 받아보지 못했던 엄마의 넋두리였을 뿐, 화와 짜증이라는 그릇만 보고 엄마의 심정은 몰랐었구나.

그 후, 누군가 화를 내도 그 화가 크게 느껴지지 않는다. 화내는 사람의 심정을 알기 때문이다. 자신을 이해해 달라는, 살고 싶다는 표현일 뿐이다. 그 속에는 미안함과 안타까움도 녹아있다. 꼭 내가 대상이 아닐 수도 있다. 사랑을 받아보지 못한 사람들의 사랑표현 같기도 하다.

나라는 모습 속에 들어 있는 엄마의 많은 모습들. 분명 몸뚱어리 두 개로 두 사람이지만 그 느낌이 모호하다. 그저 맞물려 돌아가는 하나같다. 정반합이면 소멸이라. 양쪽 상황을 진하게 겪어보니 시시비비를 가림도, 어쭙잖은 판단도 쑥 들어가 버린다.

삶을 흘러가는 그대로 받아들여야 함을 조금은 이해할 것 같다. 돌고 도는 세상살이이다. 내 속에 네가 있고 네 속에 내가 있고 이것도 맞고 저것도 맞다.

판이 짜여진 세상살이의 경험을 통해 진화의 계단을 오르게 하시는 신의 섭리에 감탄할 뿐이다. 나의 공부환경에 감사드리며 경험이 경험 하나로 끝나지 않고 조합하여 돌아가는 삶의 이치를 알려주심에 감사드린다.

저에게는 충고도 아프지 않게 따뜻하게 해주시는 분인걸요. 그런 분의 곁에 있을 수 있어서 행복한 사람입니다.

세상의 길들은 인사동 골목길처럼 왜 많이 돌고 돌까요? 각자 어디에서 시작해서 어디로 가는 것일까요?

우리는 무심코 부모님들을 닮아 가는가 봅니다. 정보가 그렇게 입력되어 있으니까요. 자라나면서 좋은 기억들은 닮고 그렇지 않은 점들은 바꾸도록 우리들은 노력해야겠습니다. 선가님의 따뜻함으로 행복한 가정이 되시길 빕니다.

저도 거의 같은 환경 속에서 자랐어요. 아빠를 닮은 모습을 무척 싫어하셔서, 음악을 들어도, 책을 읽어도, 늘 제자리가 불안하고 어려웠지요. 어릴 때 울보에 말도 잘 안 하는 아이였는데, 저도 어느새 엄마를 닮아있었어요. 지금은 엄마와 친해지려고 노력 중이랍니다. 이 나이가 되고 보니, 엄마는 원래 엄마가 아니라, 잘 울고 잘 웃고 꽃 좋아하고, 감성이 풍부한 소녀 같은 여자이더군요. 모든 것이 맞고, 모든 것이 하나이고, 다름이 없는 세상 이치를 알아가고 있습니다. 저만 변하면 될 것 같아요.

지은이 조선가

1970년생, 사주카페운영 | 2006년 명상입문

불균형이 심해서일까요. 균형을 찾기 위한 삶의 경험들이 많았었고 지금도 공부 중입니다. 많이 속고 살았던 것을 보면 세상살이에 참 아둔했던 것 같습니다.
오랫동안 학원 강사를 했었고 현재는 사주카페를 운영 중입니다. 좋은 일과 나쁜 일이 한 지점임을 알기에 마음의 균형을 잡고 평상심을 가지실 수 있도록 익힌 만큼 알려드리고 있습니다.
사람과 심리학에 관심이 많습니다.
명상과 사주, 심리학을 접목시켜서 방황하는 사람들에게 도움이 되는 역할을 하고 싶습니다.

웃음과 울음사이

그것이 진심(眞心)은 아니었다. 참 엉뚱한 말이기도 했다.

"오늘 가서 영영 돌아오지 마세요!"

아빠의 출근길에 엄마의 손을 잡고 미소를 지으며 다섯 살 꼬마아이가 건넨 배웅인사! 악동기질로 어른들을 웃게 하려 건넨 말이 너무 짓궂었던 걸까? 아빠가 멀어질 즈음 엄마가 내 머리를 심하게 내리쳤다.

"너 그것이 무슨 소리인 줄이나 알고 하는 거냐?"

너무 놀라 엄마를 바라보니 엄마의 눈에는 어느새 그렁그렁 눈물이 맺혀져 있다. 엄마는 내가 아빠에게 죽음을 암시하는 저주의 말을 했다고 생각했나 보다. 엄마의 눈물을 보고 깜짝 놀란 난 그날 하루 종일 아빠가 무사히 되돌아오기를 빌었다. 그리고 그날 아빠가 돌아와 주어서 얼마나 기뻤는지 모른다. 엄마도 마찬가지였을까?

그 후 20년이 흐른 뒤 아버지는 위암말기 판정을 받고 몸져누우셨다. 아버지가 투병하시자 그동안 아버지가 가족들에게 숨기고 싶었던 비밀들이 드러나기 시작했다. 사업실패로 재산은 모두 사라진 상태였고 그 스트레스로 아버지는 병을 얻어 '죽음'을 마주하고 계셨다. 살고 있던 집 물건들에 분홍색 차압딱지가 붙으면서 어머니는 이 모든 상황을 실감하기 시작했다. 아버지는 나날이 정신 줄을 잃어가셨다.

그러던 어느 날 밤 어머니는 간신히 비틀거리며 침대로 걸어가시던 아버지의 등짝을 사정없이 때리면서 "어떻게 살라고, 다 정리해 놓고 가라고!"라며 한참을 울면서 절규하셨다. 난 정말 깜짝 놀랐다. 아버지는 말기 암 환자로 가족도 못 알아볼 정도로 정신이 혼미한 상태인 보호받아야 할 분이신데 비겁하게 폭력(?)을 행사하다니!

그래도 난 어머니를 말릴 수가 없었다. 단 한 번의 등짝 폭력 사태는 이생에서 어머니와 아버지가 주고받아야 할 무엇인지도 모를 일이었기 때문이다. 그 사건 뒤로는 아버지가 돌아가시기 전까지 어머니는 아버지를 정성껏 간호하셨다. 난 이때를 회상하면 웃음과 애잔한 슬픔이 함께 밀려온다.

아버지는 말기 암 판정 3개월 후 한겨울에 돌아가셨다. 그 후 아버지에게 건축 자금을 빌려주었다 받지 못한 분이 남은 가족들에게 하소연을 하기 위해 찾아와 장남에게 책임을 묻겠다면서 장남 나오라고 소리를 고래고래 지르셨다. 어머니는 장남인 오빠를 보호하고 싶어 하셨다. 그래서 방문을 걸어 잠그고 나오지 말라고 당부하셨다. 그분이 집안 물건에 덕지덕지 붙은 차압딱지를 보고 고개를 절레절레 흔들며 되돌아가자 오빠가 휴지통에 무언가를 가지고 나오면서 한바탕 너스레를 떤다.

살아오면서 참 많은 '울음'과 '웃음'이 있었다.
돌이켜보면 삶에서 큰 울음이 있었던 때는
큰 웃음도 함께 왔던 것 같다.
어쩌면 울음과 웃음은 본디 하나가 아니었을까?

"아…. 방에 숨어 있는데 화장실이 너무 가고 싶은 거야. 그런데 마침 보니 휴지통이 있는 거야, 얼마나 다행이야? 허허."

너무나 명랑하게 말을 해서인지 이 우스꽝스러운 상황에 우리 가족은 오랜만에 그냥 한참을 웃었다. 그 상황에서 '웃음'이 없었더라면 얼마나 멋쩍고 난감한 상황이 벌어졌을까? 방으로 돌아가서는 각자가 눈물을 훔쳤을지는 아무도 모를 일이다. 그 뒤 나는 14개월 아들 녀석의 '똥 덩어리'를 치울 때면 이때가 생각나 웃음과 울음이 함께 몰려온다.

아버지의 빚을 잔뜩 떠안게 된 어머니는 30년 전에 출가했던 친정으로 30년을 함께 했던 집안 가재도구들과 함께 귀환했다. 어머니 자식이었던 나도 함께 딸려서 말이다. 엄마는 생각보다는 씩씩해 보이셨다. 하지만 겨울에 한여름 옷을 입고 태연스럽게 외출을 하시는 어머니를 보며 정신 줄을 놓으실까봐 걱정이 되어 외출 길에 함께 동행 하곤 했다.

때마침 꽃집 앞을 지나는데 봄을 알리는 꽃들을 분양하고 있었다. 천 원이면 살 수 있는 흔하디흔한 꽃 화분 앞에 어머니는 쭈그려 앉으셨다. 꽃을 바라보며 한참을 울던 어머니는 마침내 미소를 지으시며 꽃이 참 곱다고 하셨다. 꽃을 보는 안목이라곤 하나도 없는 나였지만 그날 본 그 꽃은 어머니 말대로 너무나 고와 보였다. 주머니를 탈탈 털어 꽃 화분 3개를 사들고 외가댁으로 돌아온 어머니는 곱디고운 꽃 화분과 함께 울고 웃으며 그렇게 따뜻한 새봄을 맞이하셨다. 난 이 사건을 '꽃 화분의 기적'이라고 부른다.

아버지의 죽음 앞에서 난 '인생은 해피엔딩이 아닐 수 있다' 는 사실을 체감하며 삶이 이렇게 헝클어진 채로 마무리 되는 것이라면 아버지의 삶은 무슨 의미가 있을까 생각하며 참 많이도 우울했다. 하지만 아버지가 아니었더라면 우리 가족이 '똥 덩어리' 와 '흔한 꽃 한 송이' 의 가치를 알 수 있었겠는가? 아버지가 살아 놓고 가신 삶을 마주하며 우리 가족들은 참 많이도 달라졌다. 깊은 미소를 갖게 된 것이다. 아버지는 참 장하신 일을 하신 것이 아닌가.

넓게 바라보면 인생은 해피엔딩으로 향해 가고 있지 않은가. 세대를 넘어가는 지난하고도 더딘 과정일지도 모르지만 말이다. 비로소 부모란 온몸으로 자신을 희생한다는 의미가 새롭게 다가왔다. 그 뒤 난 아버지에 대한 애잔함이 깊이 올라와 크게 울었다. 한바탕 큰 통곡 뒤 난 아버지를 웃으면서 추억할 수 있게 되었다.

생각해 보면 살아오면서 나에겐 참 많은 '울음' 과 '웃음' 이 있었다. 그런데 돌이켜보면 삶에서 큰 울음이 있었던 때는 큰 웃음도 함께 왔던 것 같다. 어쩌면 울음과 웃음은 본디 하나가 아니었을까?

내가 살아가는 힘은 울음과 웃음이 어우러진 그 순간에 있는 줄도 모르겠다. 은은한 미소와 함께 눈가에 잔잔한 눈물이 살짝 맺혀 있을 때가 사람의 가장 아름다운 모습이라고 생각하며 살고 있는 난, 웃음 속에서 울음을, 울음 속에서 웃음을 발견하는 것이 참으로 즐겁다. 그리고 사람에게 이 웃음과 울음의 묘한 조화가 있음이 그냥 무작정 고마워진다.

웃음과 울음의 조화! 의미 깊게 다가옵니다!

웃음은 기쁨입니다. 글에는 미소가 있습니다. 님의 행복미소!

미션님 글 오래 기다렸어요. 하하! 지금의 미션님 모습을 보고 아마 아버님도 많이 기뻐하고 계실 거예요. 파이팅!

해맑은 미소에 옅은 아픔이 함께하셨군요. 인생을 알아야 모나리자 미소가 나온다는 말을 증명하시는 듯합니다.

이제부터 팬이 되기로 마음먹었어요. 감동적인 글 감사해요. 비슷한 상황도 이렇게 아름답게 쓰일 수 있네요~

지은이 박미선

1977년생, 고등학교 교사 | 2005년 명상입문

저는 어릴 적부터 세상이 참 이상하다고 생각했습니다.

왜 사람들은 사이좋게 지내지 못하고 서로 다투고 미워하는지 궁금했지요.
그러면서 '삶은 뭘까? 죽으면 어디로 갈까? 올바로 사는 길이 뭘까?' 를 고
민하며 거기에 대한 답을 얻으려고 관련 서적을 참 많이도 보았습니다. 그러
다가 명상에 관한 책을 접하고 그 편안함과 시원함에 깜짝 놀라 명상에 인연
이 닿게 되었습니다.

저는 집에서는 '살녀' 로 불렸던 사람입니다. 말 속에 칼이 있고, 분위기를
잘 깨고, 물건도 잘 깨트리는 것에 대해 이런저런 상처를 입은 가족들이 '살
이 내린 소녀' 라고 붙여준 적절한 별명이었습니다.

전 저의 이 어그러진 성격이 어디에서 나오는지 몰랐는데 숨을 제대로 쉬지
못해서란 걸 명상을 통해 알게 되었답니다. 그리고 현재의 제 삶을 잘 돌보
지도 못하면서 거창하게 삶이며 죽음이며 떠들며 고민했던 제 자신이 한참
동안 부끄러웠답니다.

수련 시작한 지 3년이 넘은 지금, 저의 별명은 여전히 '살녀' 랍니다. 살이
통통하게 올라서 푸근해졌다며 가족들이 그렇게 불러 줍니다. 예전에 '뼈다
귀' 만 남아 까칠했던 살 내리던 소녀의 마음이 그만큼 넉넉해졌나 봅니다.

앞으로 전 깊이 숨 쉬고, 시원하게 숨 쉬어 '살녀' 를 넘어 아름다운 '선녀(仙
女)가 되는 게 꿈입니다. 참 재밌고 좌충우돌인 세상, 울고 웃으며 넉넉하게
그렇게 말이죠.

세상에 태어나 제대로 숨 쉬고 살아감이 참 감사합니다.

가난한 감사

어느 추운 새벽, 겨울이라 늦은 시간인데도 이제서야 동이 트며 어두움을 겨우 몰아내고 있을 때, 난 훈훈한 거실 유리창으로 새벽을 보며 밖은 얼마나 추울까 싶은 생각에 차마 창은 열어보지 못한다.

아침 일찍 눈이 떠져 아무 걱정 근심 없는 마음으로 아무도 지나다니지 않는 아래 길을 내다보고 있었는데 멀리서,

"재애애—첩 사—이소—, 재애애—첩 사—이소—."하는 목청 좋은 아주머님의 목소리가 골목길을 울리고 있다. 점점 더 가까워지는 그 소리를 들으며 '참 부지런하기도 하시지' 하다가 다가오는 그분을 자세히 보니 아는 사람이었다.

머리에는 칭칭 목도리를 둘러싸고 두텁게 끼어 입은 옷으로 겨우 눈만 보이는 모습으로 입에는 김을 푹푹 내며 재첩 사이소—를 외치고 있었다.

얼마 전 추운 겨울에 맨손으로 생선 일을 하시며 얼어터진 손이 상처가 나고 부어서 너무 아파 움직일 수가 없다며 치료를 받으러 오신 그

아주머님이셨다. 손등과 손끝 마디마디가 퉁퉁 부어 사혈을 해 드리며 어떻게 이렇게까지 참으시며 일을 하실 수 있냐고 여쭈었던 그 아주머님. 생선내장은 맨손으로 긁어내야 한다며 일 하다 보면 그렇게 시린 줄은 모르시겠다고, 그런데 생선은 전부 얼려서 나오기 때문에 장갑을 껴도 손 시린 것은 마찬가지라고 대답하셨다.

그분이 추운 겨울날 새벽에 남들이 다 자고 있는 한밤중에 일찍 일어나 재첩국을 끓여 아침 식사용 국을 만들어 팔러 다니는 것이다. 매일 새벽마다 들리는 재첩사이소의 아주머님이 그분인 줄은 처음 알았다.

그런데 그런 추운 새벽에 꽁꽁 언 손을 목장갑으로 겨우 가리고 재첩통을 끌고 다니며 소리치시는 그 상황을 접한 순간 갑자기 얇은 잠옷이 전혀 춥지 않은 거실의 훈훈한 온기를 느끼며 내 마음에 처음 올라온 생각은, 저 사람은 추운 겨울에 쉬지도 못하고 얼어터진 손으로 국을 끓여 팔러 다니는 일을 해야 하는데 그에 비하면 나는 얼마나 행복한가 하는 생각이 언뜻 들며 참 감사하다 생각하며 그분을 내려다보고 또 다른 의미로 또 내려다보고 있는 나 자신을 발견했다. 그러고 나서 갑자기 혼란스러운 생각이 들었다.

이 감사가 과연 옳은 감사인가? 아무 생각 없이 있다가 갑자기 나보다 힘들게 느껴지고 추워 보이는 한 사람을 발견하고는 나와 비교하여 갑자기 행복감을 느낀다면 이것이 과연 옳은 감사인가?

몇 년 전 백혈병으로 골수이식 수술까지 하였으나 30대 중반의 젊은 아내와 6살 딸을 남겨놓은 채로 한 젊은 남자가 죽었다. 내 친구는 졸지에 과부가 된 것이다.

오랫동안 그토록 친했던 사이였음에도 불구하고 너무 서먹해서 그 친구와 아무런 이야기도 나눌 수 없었다. 내 남편 이야기를 할 수가 없었고 아이들 이야기를 할 수가 없었다. 그 이유는 단지 그런 이야기를 하면 그 친구가 갑자기 불행을 느낄까봐, 내가 행복한 모습을 보이면 그 친구가 우울해질지도 모른다는 생각이 들어서였다.

그 친구와 비교할 때 상대적으로 내가 얼마나 행복한가를 생각하지는 않았지만 그 친구는 불행하리라 짐작했었다.

'저 사람은 저 환경에서 불행할 거야'라고 생각하고 대하는 그 마음 자체가 그 사람을 불행하게 느끼게 하는 것이라는 것, 상대방을 불행하게 하는 것은 그 사람의 환경이 아니라 그 사람을 불행하게 보는 그 순간 그 사람을 불행하게 만들고 있는 것이라는 것을 알게 된 이후 난 그 친구와 드디어 대화를 나눌 수 있었다.

진심으로 그 친구의 감정에 대해 선입견 없이 물을 수 있었고 그 친구는 자유롭게 대답했다. 예전처럼 격의 없이 내 모습을 보일 수 있었고 그 친구도 자기의 사정을 불행한 일은 불행한 대로, 기쁜 일은 기쁜 대로 세월이 치료해준 상처를 내보여 주었다. 그 전처럼 자연스럽게 그 친구에게 물었다.

"어떤 가수가 반신불수가 되고 어느 정도 그 장애를 극복한 뒤에 방송에 나와 인터뷰하는 걸 본적이 있어. 리포터가 뭐가 제일 힘드냐고 물었는데, 뭐라 대답했는지 알아? 자신을 제일 힘들게 하는 건 사람들이 자기를 동정하는 시선이라고 말하더라구."

했더니 친구가 대뜸, "나 그거 당하고 살고 있잖아." 한다.

남의 불행을 보고 그 순간 드는 생각이 자기 자신의 그렇지 않은 조건을 떠올리며 감사를 한다면 그 감사는 과연 옳은 감사일까?

그 후로 많은 사람들에게 질문을 했다.

"남의 불행이 나의 행복이 되고 남의 행복이 나의 불행이 된다면 그것이 과연 옳은 일입니까?" 이렇게 물으면, "아니요. 틀렸습니다." 라고 대부분 대답한다.

그러나 질문을 좀 바꾸어, "다리가 한쪽이 불편한 사람을 보고 난 두 다리가 멀쩡하니 얼마나 감사한 일인가 생각한다면요? 난 두 눈이 멀쩡하니 얼마나 감사한 일인가 한다면요?" 하면 그건 옳다고 대답한다.

우리의 감사는 남의 불행을 나의 행복으로 느끼는 감사일 때가 많다. 나는 가난한 감사라고 이름 지었다. 남의 행복이 나를 불행하게 만드는 것을 아주 자연스러운 인간의 심성으로 받아들이고 '사촌이 땅을 사면 배가 아프다' 라는 버젓한 속담을 아무 부끄럼 없이 즐기고 있다. 놀라운 격언에서 답을 찾았었다. 우는 자들과 함께 울고, 웃는 자들과 함께 웃는 것을 말씀하신 분이 있었다. 남의 기쁨을 같이 기뻐할 수 있고 슬픔을 같이 슬퍼할 수 있는 마음이 되려면 도대체 얼마나 마음이 깨끗해져야 하는 것인지, 겨우 오랜 시간을 들여 생각해낸 그보다 더 좋은 상태는 짐작컨대, 무심의 상태에서 불행과 행복을 바라보며 적절한 도움과 기쁨을 나누며 누리는 것이리라.

비교하지 않고 감사하고 비교하지 않고 행복을 누리는 것이 참으로 아름다운 감사라고 생각한다. 가난한 감사에서 벗어나 진정 존재 자체로 감사한 따뜻한 감사를 올리고 싶다.

가난한 감사와 따뜻하고 아름다운 감사, 그리고 깊이 있는 말씀에 끄덕끄덕합니다. 비교하는 데서 나오지 않은 그냥 존재 그 자체로 감사한 감사를 배우고 갑니다.

남의 불행이 나의 행복일 때가 많다는 것을 느낍니다. 그래서는 안 되지만, 또 위를 바라보며 한없는 불행을 느끼기도 합니다. 정녕 존재 자체로 감사할 수 있어야겠습니다.

예전에 발표하시는 것을 보면서 갈증이 있으신 분, 열망하시는 분! 이런 것을 느꼈습니다. 겉으로는 차분하셔도 말입니다. 뵙게 되어서 좋습니다.

고마운 도반님, 고마운 원장님, 따뜻하게 안아주실 때마다 고운 맘 함께 합니다.

우와! 감동어린 글 잘 읽었습니다. 바쁘시고 지치실 텐데도 항상 진심으로 걱정해주고 치료해주시고, 곁에서 많은 것을 느끼고 또 배우게 되는 것 같아요.

지은이 이우정

1964년생, 한의사 | 2007년 명상입문

마음이 넓어졌으면 좋겠다고 언제나 생각하며 사춘기를 보냈습니다. 그것은 아버지의 영향이 컸습니다. 한약방을 하시는 아버지는 스스로 마음을 갈고 닦으시며, 남에게 받을 것은 기억하지 못하시고 줄 것만 기억하시는 분 같았습니다. 집에는 언제나 도움을 청하는 분들이 많았고, 어머니는 아무 내색 못하시고 그 뒷바라지를 묵묵히 해 내시는 분이셨습니다. 그런데 전 그게 안 되는 것이었습니다. 한의사가 되어 진료를 시작했는데, 베풀어지는 것이 아버지만큼 안 되는 것이었습니다. 노력한 만큼의 대가는 받는 것이 당연하다는 생각을 갖고 있어서는 퍼주고 손해보고 양보하는 것이 어려운 덕목이었던 것입니다.

어찌 보면 아버지의 선함에 대한 열등감을 갖고 있었던 것 같았습니다. 저는 아버지만큼 마음이 넓어지기를 소원했지만 언제나 확인되는 것은 그 반대의 내용이었습니다. 나이가 들면 마음이 저절로 넓어지는 줄 알았습니다.

사춘기 때 고민했던 내용을 결혼해서 아이를 낳고 키우면서도 그대로 고민하고 있었고 내 자신의 한계를 여전히 벗어나지 못하고 있었습니다.

마음으로 기도하고 구하고 막연히 바라면서 신앙생활을 하며 지내던 중, 수선재를 만나게 되었습니다. 명상을 통해 나의 원하는 바가 이루어 질 수 있는 방법을 찾을 수 있게 되어 생전 인연이 없을 것 같은 명상을 지금까지 즐거운 마음으로 해 오고 있습니다.

한의사로서의 소명과 진정 이웃을 위한 삶을 배워가며 배운 만큼 행동으로 옮겨 평생을 공부하는 자세로 인생을 살아가려고 합니다.

조용한 전쟁

다섯 살 되던 해, 나는 신장염을 심하게 앓았다고 한다.

가족들이 모두 식사를 하고 나면, 물에 헹군 김치와 밥이 달랑 놓인 밥상을 받아 할머니와 나는 따로 식사를 했다.

어렴풋이 기억이 나는 것이라곤, 엄마가 고구마 씻은 물을 집 앞에 버리면 어디선가 숨어 있다가 잽싸게 뛰어나와 고구마 꼬랑지를 주워들고 후다닥 골목길로 뛰어 들어가곤 하던 모습이었다. 난 장난삼아 한 짓일 거라고 생각을 했었는데, 이제 보니 제한된 식사에 배가 고파서 그랬던 것 같다.

어느 날 외갓집에 갔다가 밤에 자다 일어나 배가 고파서 울고 있는 모습을 본 외할머니께서, 죽을 때 죽더라도 먹고 싶어 하는 밥이나 실컷 먹이고 죽이자(?)는 마음으로 마음껏 밥을 먹게 하셨다고 했다. 다음날, 죽었으리라 생각하고 방문을 열어봤는데 아, 글쎄 쌔근쌔근 숨을 쉬며 잘도 자고 있더라는 것이다. 그 후로 뽀얗게 살이 오르며 언제 그랬냐는 듯이 온 들과 산으로 신나게 뛰어다니며 놀았다고 했다.

태어나면서부터 신장이 약하게 태어났는가 봐, 나는….

사실, 하루 이틀에 끝날 전쟁이 아니었다. 1초도 쉬지 않고 박동을 하던 심장도 몰랐던 일이니 만큼…. 그 전쟁은 아주 조심스럽고도 조용하게 진행되었던 것이다.

처음엔 혈관을 따라 돌던 혈액이 평소와는 다르게 속도가 느리다는 것을 알아차리는 정도였지만, 시간이 지날수록 수분과 포도당이 이리저리 밀려들며 점차 그 양이 늘어나고 있었고, 하수관을 타고 쭉쭉 내려가야 하는 노폐물마저 혈관 속에서 빙글빙글 돌고만 있는 것이 아닌가. 무슨 일인가?

처음 반응을 보인 곳은 얼굴이었고, 제일 먼저 눈이 퉁퉁 붓기 시작했다. 양쪽 볼은 사탕을 한 개씩 넣은 것처럼 불룩해져 버렸다. 약간의 시간차로 다리에도 붓기가 시작되었고, 윗배 아랫배 사정 볼 것 없이 불룩해져 왔다.

다급하다! 코의 바로 뒤쪽에 자리 잡고 있는 뇌하수체에 SOS를 쳤다. 호르몬 분비를 담당하고 있는 아주 중요하고 비밀스러운 곳이다. 전엽과 중엽에서는 이상 신호가 잡히지 않는데 후엽에서는 소식이 없다. 그럼 후엽에서 문제가? 다시 한 번 후엽에 SOS를 쳤지만 신호가 미미하게 잡힐 뿐이었다. 결국, 신장이 파업을 선언한 것일까?

며칠 밤샘 작업을 하고 있던 중이었다. 등 뒤 갈비뼈 아래 신장이 자리한 곳에서 양쪽이 번갈아 가며 통증을 호소하고 있었지만 몇 번 두들

아직도 치러야 되는 고비가 여러 번 있다는 것을 알고 있다.
하지만 쥐도 새도 모르게 조용히 치러지는 전쟁을
방치만 하고 있지는 않을 것이다.
그와의 전쟁에서 많은 것을 잃고 배웠기 때문이다.

겨 주면 괜찮아졌기에 계속 작업을 하곤 했었는데. 그것이 원인이었나 보다.

내 주먹 크기만 했던 신장이 갓난아기 주먹만 하게 서서히 줄어들기 시작한다고 했다. 혈압이 떨어지면서 모세혈관에서 여과를 하지 못하자 아예 공장 문을 닫아 버린 것이다.

'올 것이 왔구나. 어릴 적부터 약하던 신장이 과로를 견디지 못하고 쓰러지고 말았구나!'

약으로도 달래고 조혈호르몬제 주사도 맞고. 건포도처럼 점점 쪼그라들고 있었지만 그 와중에도 소변을 만들어내려고 젖 먹던 힘까지 내어 겨우 버티고 있는 신장이 너무나 안쓰러웠다. 어찌 이 지경이 되도록 놔뒀단 말인가. 주인이 누구여? 결국 새로운 신장으로 대체하기로 결정을 내렸다. 물론 건포도 신장에게도 의견을 구했다.

"주인님만 살 수 있다면 저는 아무래도 괜찮구먼요…."

쌍둥이처럼 꼭 같더라는 아버지의 신장을 이식받았다. 새로운 신장은 오른쪽 골반 바로 위로 이사를 왔다. 새 신장이 이사 온 지금, 몸 안에선 한창 전쟁 중이다. 식구로 받아들일 것인가, 말 것인가…. 처음 3년이 고비란다. 3년이 되는 올 봄엔 약 독이 심하게 올랐고, 겨울엔 감기몸살이 지독하게 들었다. 그렇게 한고비를 겪어 넘겼나 보다.

창가에 드는 햇살에 눈이 부시는 봄날의 오후. 요즘 같은 날씨에 신장도 기지개를 켜나 보다. 살 만한 걸 보니.

고맙구나. 아직도 치러야 되는 고비가 여러 번 있다는 것을 알고 있다. 하지만 쥐도 새도 모르게 조용히 치러지는 전쟁을 방치만 하고 있지는 않을 것이다. 그와의 전쟁에서 많은 것을 잃고 배웠기 때문이다. 온몸으로 전하는 메시지에 항상 관심을 가지며, 애정 어린 마음으로 공장이 가동되는 것을 지켜본다면 꾀를 부리던 공장들도 속속 가동을 재개하리라.

오른쪽 아랫배를 살며시 만져보면 내 손바닥 안으로 쏙 들어오는 신장. 약한 떨림마저도 따스함으로 전해져 온다.

지금도 여전히 전쟁 중이지만 언젠가는 끝날 것이라는 것을 안다. 길지 않은 시간 내에.

오늘 건강한 모습으로 환하게 웃어주시는 모습을 뵙고 무척 기뻤습니다. 더욱 건강해지셔서 더 자주 더 많이 웃어주세요~

몸이 불편하시면서도 언제나 밝으신 모습 감사드려요. 언제나 건강하시고 행복하세요.

이 정도 비우기까지의 세월과 몸, 마음과의 전쟁이 느껴집니다. 힘내시고 건강을 기원 드려요.

응. 저도 같은 느낌이에요. 몸이 좋지 않으신 데도 불구하고 늘 밝음을 전달받게 되지요. 프리다는 평생 수술 후유증으로 고생했지만 예술혼을 불태웠고 경아선배님도 건강하시길 기원 드립니다.

경아언니! 오늘은 그렇게 부르고 싶네요. 덤덤한 필체에서 오히려 치열했던 전쟁의 아픔이 역설적으로 깊게 느껴집니다. 그 싸움이 치열하면 치열할수록 전후의 고요함은 더욱 깊고 잔잔한 것처럼요. 뵐 때마다 언니 얼굴만 봐도 마음이 따스하고 푸근해요. 늘 그렇게 있어주는 것만으로도 힘이 되어주시는 선배님, 고맙습니다. 사랑해요~♡

지은이 김경아

1969년생, 명상인 | 2001년 명상입문

어릴 적부터 병약한 몸이어서 그런지 내면세계에 관심을 많이 갖게 되었습니다.

나는 왜 다른 사람들과 달리 이토록 아픈 것일까? 맘껏 한번 뛰어놀아 보았으면, 몸에 얽매이지 말고 맘껏 살아보았으면… 했습니다.

대학을 졸업하면서 그동안 쌓인 과로로 여러 가지 합병증으로 병원에 입원을 하게 되었으며, 그 이후로 아픈 몸과의 끝이 보이지 않는 전쟁이 시작되었습니다.

몸과 마음이 훨훨 자유롭고 싶어서 명상을 시작했으며, 가끔씩 하늘을 쳐다보는 것이 취미이며, 불어오는 바람을 온몸으로 느껴보기, 바람에 흔들리는 나뭇잎 스치는 소리를 듣는 것이 특기이며, 키 낮은 앉은뱅이 꽃들을 사진 찍는 것을 좋아합니다.

하루도 빠짐없이 꼭 붙어서 같이 다니는 10년 지기 제 벗은 명상과 목발입니다.^__^

그래, 난 바보야

아침 식사를 마치고 봄방학이라 느긋한 오전, 따르릉 한 통의 전화가 울렸다. "동서, 나야."

전화를 받으면서 나는 속으로 피식 웃는다. '우린 동서지간이 아닌지가 오래되었거든요' 그러면서도, "예, 형님." 하면서 대꾸를 시작한다.

자궁암 초기 진단을 받은 지 몇 개월이 지났건만 아직 수술도 하지 않고, 별다른 조치 없이 그냥 생활하고 있는 아이들의 큰 엄마이다. 떠날 때를 대비하는 것인지, 친정 식구 곁으로 오고 싶어하는 것인지, 떠나면 남을 두 아이들을 아이들의 이모들에게 맡기고 싶은 마음인지, 이 모든 혹은 내가 짐작하지 못하는 다른 이유 때문인지 모르지만 양산에서 친정 식구들이 있는 계룡산 부근으로 이사를 한 것이 거의 전부이다. 암 진단을 받고는 아등바등 살려고 노력하던 삶의 터전을 홀연히 정리하고, 계룡산 부근에서 몸이 불편하신 친정어머니를 모시고 살며 모든 것을 놓고 나니 오히려 마음이 편하다고 하는 분이다.

나보다 조금 늦게 결혼을 했지만 나보다 조금 나이 많은, 참 특이한

시가(媤家)의 삶에 오로지 둘만이 나눌 수 있는 얘기들로 함께 밤을 새울 수 있는 분. 그렇게 서로의 상처의 한 부분을 어루만져 줄 수 있는 분. 너무 길게 하지 않으려 애를 썼건만 한 시간은 통화를 한 것 같다.

본인이 원하는 것과 너무도 차이가 나 버린 결혼 후의 생활에 대한 어려움을 이렇게나마 풀어내면 조금은 위안이 되는 모양이다. 대화 중간에는 또 아이들 아빠 이야기가 꼭 들어간다. 납득하기 어려운 일 처리 방식에 내 편을 들어주다가 못내 속이 상하는지 꼭 하는 말이 있다.

"동서, 바보야? 다 들어주고, 하고 싶은 대로 다 해 주니까 그러는 것 아니야!"

"전 남기고 싶지 않은 걸요. 제 마음에 걸림이 없도록 하고 싶은 걸요. 그래요, 전 어쩜 바보일지도 몰라요. 그냥 아이 아빠가 원하는 대로 다 해 주는 것이 제 마음이 제일 편안해서. 아이 아빠에게 바라는 게 없고, 그냥 아이 아빠가 행복했으면 좋겠어요."

며칠 전 아이 아빠가 와서 이틀을 머물다 갔다. 고등학생인 큰 아이에게 본인이 해 주어야 한다고 생각되는 부분에 도움을 주기 위해서였다. 몇 년 전보다 많이 안정되어 보였다. 아이에게 해 주는 말을 들으며 늘어난 흰 머리를 보았다. 겉으로는 그래도 그 속은 얼마나 또 편하지 않은 부분이 있을까? 측은한 마음에 밥상도 정성으로 차려주고, 거실이나마 잠자리도 마련해 주었다.

그런데 갑작스레 언니가 집을 방문하게 되었다. 아이 아빠의 모습을

어쩌면 바보라서 내가 바보라서
앞이 캄캄하다고 느낄때마다 내게 전화해서
때론 걱정하고 위로받으면서 서로를 격려하는지도 모르겠다.
그래서 난 또 바보로 살고 싶은지도 모르겠다.

보이고 싶지 않았지만 둘은 마주치고 말았다. 그 순간은 평온한 듯 지나갔지만 결국 다음 날 전화로 온갖 소리를 들어야했다.

"너 참 이상하다. 살림 차렸다면서 어떻게 이 집에 들어오게 할 수 있니?"

이야기인 즉, 결국 내가 바보라는 거다. 어쩌면 들어오지도 못하게 하는 것이 옳은지도 모르겠다.

아이들에게 이렇게 가르친다. 어떤 경우에도 너희들의 아빠라는 것은 변함이 없다는 것. 아이들에게 나름 변명을 하며 내 편을 만들어야 하는 게 좋을지도 모르는데 난 도무지 그런 것을 할 줄 모른다. 아빠도 힘드실 거라고. 아빠는 너희들을 사랑하고, 아빠가 잘 지내야 너희들도 좋은 거라고 말한다. 어쩌면 이것도 바보인지 모르겠다.

가끔 애들 아빠한테 이런 충고도 듣는다. 명상이나 수련에 관심을 가진 적이 없던 그가 어떤 수련원에서 며칠간 머물렀었는데 직장 동료 때문에 가게 되었다며 그 동료가 나보다 훨씬 낫다고 한다. 당신도 그렇게 여유 있고 활기차게 살고, 열심히 일 하라고. 그런 말을 들어도 이상하게 난 하나도 언짢지가 않았다. 아이 아빠도 나름대로 자신의 세계를 넓혀가는구나. 그런 과정 중에 배움이 있겠지. 아~ 난 정말 바보인가 보다.

아이들 큰 아빠와 통화를 했다. 좀 답답하신 모양이다. 삶의 터전을 정리하고 가족들을 따라 처가댁 근처로 오고 나니 여러 가지 어려움이 있으신가 보다. 어릴 때 밖에 나갔다 오면 누군가에게 잠바를 벗어주고 오곤 해서 혼이 나기도 하셨다는 분. 마음 바탕이 선해서 가족들 모두에게 인정을 받지만 현실적인 능력 때문에 겪어야 하는 어려움이 있으신 분. 그 어려움을 조금은 알고 있는 나. 그래서인지 가끔 전화가 오곤 한다. 그래도 자신의 마음을 이해해주는 사람이 있어 통화하고 나면 답답한 마음이 조금은 시원해진다고 하시면서.

그런 와중에도 긴 방학 동안 사촌인 아이들끼리 함께 놀 시간을 마련해주지 못함에 대한 아쉬움을 전해주신다. 나 혼자 아이들과 어려움이 많을 텐데 도움 주지 못한다고 능력이 부족한 자신에 대한 자책감을 담은 미안함도 함께 전해 주신다.

지난번에 우편으로 받은 명상 책을 읽고 참 좋다고 언젠가 좀 여유가 생기면 함께 하고 싶다는 말씀도 해 주신다.

20년 가까이 아이 아빠로 인해 맺어진 관계. 지금은 아이 아빠는 빠지고 우리끼리 친구처럼 되어버린 나와 아이들의 큰 아빠, 큰 엄마.

어쩌면 바보라서~ 내가 바보라서~ 앞이 캄캄하다고 느낄 때마다 내게 전화해서 때론 걱정하고 위로받으면서 서로를 격려하는지도 모르겠다. 그래서 난 또 바보로 살고 싶은지도 모르겠다. 그래서 난 바보인 내가 고마운지도 모르겠다. 그래. 난 정말 바보인가봐~^^

바보처럼 사신다는 것은 그만큼 자신을 비우고 버렸다는 얘기겠지요. 그렇게 사시는 선배님을 존경합니다.

김수환 추기경께서도 스스로에게 바보라 하셨다던데….

잔잔한 감동이 일어나네요. 이혼하신 저희 부모님도 생각나고요. 아이들한테는 그래도 변함없는 아빠겠지요. 바보라고 외치시지만, 아이들에게는 최고의 엄마일 것 같습니다.

아! 감동감동…. 더욱 뵙고 싶어지네요^^; 저도 바보. 정말 생각할수록 바보. 하지만 뭐든 포기는 않는 바보가 되려 해요.

ㅋㅋ 저도 바본데 누가 바보라고 하면 '발끈'하는 바보예요~ ^^ 바보끼리 파이팅!!!

지은이 신해순

1964년생, 중학교 교사이자 두 아이의 엄마 | 2000년 명상입문

몸이 아파도 마음이 아파도 그냥 그렇게 사는 것인 줄 알았습니다.
견디기 어려운 몸의 아픔 속에서 원인을 찾아들어가다 서른 후반에 명상을
만났습니다. 나를 찾는 명상의 길은 특별한 사람만 하는 것인 줄 알았었는
데, 명상을 하면서 몸이 아픈 원인도 알게 되고 마음이 아픈 원인도 알게 되
었습니다.
이제는 스스로를 격려할 줄 알게 되고, 스스로를 사랑할 줄도, 자신에게도
타인에게도 여유로울 줄도 알게 되어 삶의 아름다움과 행복을 누리고 있습
니다. 내가 맛보는 마음속에 솟아나는 기쁨을 함께 나누며 살아가고 싶습
니다.

나의 20대

무늬만 경찰

나 같은 사람 또 보면 안 되지

뚝배기 한 그릇

눈물의 3단 찬합

지금처럼 뚱뚱했어요?

그 손을 잡고
또다시
걸을 수 있었다

투박했지만 따뜻했던 당신의 손,
그 손을 잡고 또다시 걸을 수 있었다.

나의 20대

나의 20대는 늘 우울했다. 하고 싶은 건 많았지만, 가진 것이 없었다.

지금 돌이켜보면 그 시절에 가장 우울했던 건 가진 것이 없는 상황을 극복할 만한 긍정적인 사고가 그 시절 나에겐 없었다는 것이다. 하지만, 그건 30대로 오면서 뒤를 돌아다보며 깨닫게 된 것이지 20대는 그걸 극복할만한 위안을 어디에서도 찾지 못했다. 그렇다고 다시 20대로 돌아가고 싶냐고 물어본다면 나의 대답은 'No' 이다. 좌충우돌, 질풍노도…. 이런 단어들과 어울리는 20대는 한 번 경험으로 족하다.

1998년 겨울은 유난히 추웠던 기억이 있다. 아마 나에게만 추웠을지도 모르겠다. 우리 6명의 식구가 2층 슬래브 집에서 전세를 살던 시절이었는데, 집에 난방이 되질 않았다. 우리 동네는 도시가스가 들어오지 않아 LPG가스로 난방을 하곤 했는데, 가스를 주문할만한 돈이 없어서 난방을 하지 못했다. 날씨가 추워지면 추워질수록 집은 바깥 날씨보다 더 춥게 느껴지곤 했다.

하는 일마다 되는 것이 없던 아버지는 그해 겨울도 공장 하나를 정리하고는 이곳저곳을 전전하셨지만, 일을 해주고도 돈을 못 받는 상황만 되풀이 되었다. 엄마는 늘 그랬듯이 경제적인 문제로 아버지와 싸우셔서 집안의 냉기를 더욱 부추기곤 했다. 전기장판이 하나 있었지만, 형제가 4명이나 되다보니 서로 엉덩이 붙이고 앉아 있다가 먼저 드러눕는 사람의 차지가 되었다. 지금 생각해보니 부모님은 한 번도 전기장판을 탐내신 적이 없었다. 그래서인지 난 지금도 추운 것을 끔찍하게 싫어한다.

그해 겨울, 뜻하지 않은 기회가 찾아왔다. 학교에서 1년에 4명씩 일본 문부성 추천으로 교환학생을 선발하는데 발탁된 것이다. 교환학생으로 가게 되면 1년간 학비가 면제였고, 매달 8만 엔의 생활비를 지급받아 생활할 수 있었다. 발탁소식을 듣고 처음 든 생각은 '아! 이제 추운 집은 벗어나는 구나'라는 생각이었다. 나중에 일본에 가서 보니 온돌시스템이 되어 있지 않아 추운 건 마찬가지였다.

일본에 갈 준비를 한참 하고 있을 때였다. 학교에서 1년에 4명씩 가게 되므로 먼저 간 선배들이 준비사항이나 여러 가지 정보를 올 사람들에게 미리 전화나 이메일로 전해주었는데 그 준비사항 중에 나를 당황케 한 목록이 있었다. 그것은 일본 갈 때 50만 원의 현금을 들고 와야 한다는 것이었다. 이유인즉슨, 우리는 월초에 들어가게 되어있는데 생활비로 나오는 8만 엔은 월말에 주어지므로 그동안 살 수 있는 생활비와, 그곳에서 구입해야 할 필수생활품 등을 구매해야 하기 때문이었다. 하루하루 근근이 생활하는 빈털터리인 나에게 50만 원은 정말 큰돈이었다.

'이 돈을 어디 가서 구한다?' 하루 종일 머리를 싸매고 고민을 해도 어찌해야 할지를 몰랐다. 부모님한테 이야기하면 어디 가서 돈을 꾸어서라도 보태주시겠지만, 왠지 말할 수가 없었다. 그 돈이 있다면 차라리 난방이 되는 집에서 단 며칠이라도 동생들을 재우는 편이 더 나을 것 같다는 생각이 들었기 때문이다.

'일본은 가야한다. 아니, 가고 싶다. 돈은 없다. 돈을 마련해야 한다. 어디서 마련하지?'

이런저런 생각을 하던 중 퍼뜩 생각나는 사람이 있었다. 방학 때마다 한 연구소에서 아르바이트를 했었는데, 그 연구소의 한 박사님이 생각났다. 혼자 싱글로 사시면서 가끔씩 아르바이트생들을 모아서 맛난 것을 사주시곤 하던 분이다. 특이한 점은 점심시간마다 명상을 하신다면서 눈을 감고 몇 십 분씩 조용히 계셨고(나는 그것을 잠자는 것이라 생각했었다) 철저하게 채식을 하시는 분이었다는 것이다. 그분이 모 학교의 교수님으로 가셨다는 소문을 접하고 그 학교를 찾아갔다.

그분을 찾아간 이유는 단순했다. 그 당시 아르바이트생들을 모아 맛난 것을 사주셨으니 돈이 많을 것이라 생각했다. 그분한테 50만 원을 꾸어 일본 경비를 마련할 생각이었다.

지금 생각해보면 참 정신이 없었던 것 같다. 친하지도 않으면서, 밥 몇 번 얻어먹은 인연으로 난데없이 전화를 걸어 만나자고 해서 돈을 꿀 생각을 했으니 말이다. 그분 학교로 가는 동안 내가 고민을 했었는지는 기억이 나질 않는다. 지금도 기억나는 것은 50만 원을 꾸어달라고 말을 할 때, 그분 얼굴을 보지 못하고 탁자만 멍하니 바라보다 일본 어쩌고저쩌고 앞 뒤 말은 다 빼먹고 50만 원이라는 주제어만 넣어서 어렵게 말을 꺼냈다는 것과 그분의 당혹스런 표정과 첫마디, 그리고 그 후 한참 동안 울었다는 기억밖에는 없다.

"저… 저, 50만 원만 꿔주세요."

그분은 몇 분 정도 망설이다 어렵게 말을 떼셨다.

"음. 어쩌지? 나 돈 없어…. 생각보다 가난한 사람이야. 이걸 어쩌지?"

그분도 너무 당황스런 나머지 단어로만 이루어진 대답을 하셨다.

"네…, 괜찮습니다." 라고 말했지만, 이미 내 눈엔 눈물이 그렁그렁 맺혀 있었다. 그 눈물의 의미는 미안함과 뒤늦게 느껴지는 창피함, 그리고 이젠 어쩌지… 하는 당혹감이 뒤엉켜 나오는 눈물이었다. 내 눈물을 보시던 그분은 더 당혹해하셨다.

"잠시만 기다려봐…."

그분이 잠시 나가시더니 손에 봉투 같은 걸 하나 들고 오셨다.

"50만 원은 못해주겠지만, 얼마 안 되는 용돈은 줄 수 있을 것 같다. 이 돈은 내가 그냥 주는 거야."

그러면서 봉투 하나를 내미셨다. 나는 그 봉투를 거절하지 않고 받았다.

그분 방에서 나오면서 눈물이 너무 나서 화장실로 바로 달려갔다. 화장실 한쪽을 차지하고 앉아서 하염없이 울고 또 울었다. 그냥 창피하고, 또 미안하고, 그리고 너무 고맙고…. 그런 감정들이 눈물과 콧물로 범벅

이저찌

나본어쎴다

그 눈물의 의미는 미안함과 뒤늦게 느껴지는 창피함,
그리고 이젠 어쩌지…하는
당혹감이 뒤엉켜 나오는 눈물이었다.
내 눈물을 보시던 그분은 더 당혹해하셨다.
그분이 잠시 나가시더니 손에 봉투 같은 걸 하나 들고 오셨다.

되어 흘러나왔다.

한참을 울고 나서 봉투를 열어보니 20만 원이 들어있었다. 나중에 안 사실이지만, 그분은 그 달에 번 돈을 모두 쓰는 분이었다. 즉 있으면 쓰고 베풀고 해서 잉여재산이 없는 분이셨던 것이다. 아마도 현금서비스를 받으셨거나 옆방 교수님께 빌리신 듯 보였다.

나머지 돈은 부모님이 융통을 해주셨다. 그렇게 50만 원을 마련하고 일본으로 날아갔다. 그날의 그 경험이 있어서인지 얼굴에 철판을 까는 용기가 더욱 강해졌다. 동네 소바 집에 들어가 일본어를 더 많이 경험해보고 싶어서 그러니 아르바이트를 달라고 당당히 말해 일주일에 두 번 아르바이트를 하기도 했고, 한국어 과외를 해서 교환학생 치고는 나름 풍요로운 생활을 하기도 했다.

교환학생에서 돌아온 이후 그분께 한 학기 등록금 후원을 받았다. 교환학생에서 돌아온 첫해에 장학금을 받을 수 없었기 때문이다. 이번에는 아는 지인을 통해서 그분이 내 상황을 알고 먼저 연락을 해오셨다. 그냥 주면 빚이 된다면서 아르바이트를 하고 받아가라고 하셨다. 나중에 보니 아르바이트라기보다는 그냥 주는 돈이나 다름없는 아르바이트 거리였지만, 그분이 내 자존심을 지켜주기 위한 배려였다는 것을 나중에 알았다.

10년도 넘은 기억이지만, 그때의 그 경험으로 나는 좀 더 달라졌다. 좀 더 세상을 알게 되었고, 어려운 사람들의 처지를 조금이나마 이해할 수 있는 여유가 생겼다. 지금은 나름대로 직장을 잡고 안정적으로 생활을 하고 있으며, 작은 평수지만 두 다리를 뻗고 잘 수 있는 따뜻한 집이 생겼다. 지금 나는 소득의 일정부분을 아동후원과 몇몇 단체에 기부하고 있다. 그것이 그분이 나에게 베푼 친절을 갚는 한 방법이라고 생각한 것이 시발점이었는데, 베풀면서 내가 더 많이 얻는다는 것을 오히려 배웠다. 그러고 보니 인생은 배움의 연속인 것 같다.

몇 년을 기부해도 그 20만 원은 절대 갚지 못할 것 같다는 생각이 든다. 나는 소득의 일정부분을 떼어 주는 것이지만, 그분은 바닥을 박박 긁어서 주신 돈이 아니었던가. 그리고 돈을 주실 때는 "이건 그냥 주는 거야." 내지는 "대가를 치르고 가져가는 거야…." 라고 하시는 말씀들.

돈을 주신 고마움과 함께 나를 배려해주신 그분의 마음이 느껴져 고개가 숙여진다. 고마운 그분께 이 자리를 빌려 감사의 인사를 올린다.

단막극 한 편 본 느낌입니다. 잘 읽었습니다.

눈물이 나네요. 고통은 하늘이 내린 선물이 아닐까요? 고통을 겪어내는 자에게만 하늘은 희망을 선물하시는 것 같습니다.

저도 진저리쳐지도록 가난하게 자라서 공감이 갑니다. 하지만 '미리 겪어본 것이 낫다' '경험해보지 않은 것보다는 낫다'고 생각합니다. 그 공부 과정을 바탕으로 밝은 미래를 준비하는 앞날이 있을 뿐이겠지요. 님의 앞날에 파이팅을 보냅니다.

첨 뵈었을 때 '참 뿌리가 깊은 분'이라는 생각을 했었습니다. 이혜선 님과 서대완 님 부부를 만나게 된 것이 무척이나 반갑답니다.

진솔하고 시원시원하신 글이 참 좋습니다. 어려운 살림 속에서도 꿋꿋이 자신의 길을 포기하지 않고 우수한 재원으로 학업을 마치신 그 열정에 제가 감사드립니다. 저는 포기하고 살았기 때문에 그 한이 남아 있어서요. 참 멋지십니다!

지은이 이혜선

1974년생, 컴퓨터프로그래머 | 2007년 명상입문

이 글을 쓰면서 그냥 내가 고생한 이야기로 들리지 않기를 소원하며 썼습니다. 남자들의 군대이야기를 들어보면 누구나 고생하지 않은 사람이 없지요. 그런 맥락에서 본다면 20대를 고민 없이 보낸 사람이 없을 겁니다. 고민 없는 삶은 인생이 아니겠지요.

1남 3녀 중 맏딸로 태어나서 가난한 어린 시절을 보냈지만 운이 좋아서 대학도 나오고, 대학원도 다니고, 지금은 직장생활도 안정적으로 하고 있습니다. 직업은 응용프로그램개발자로 시작을 했는데 지금은 주로 관리자역할을 많이 하고 있네요. 적성보다는 경제적인 독립이 시급해 선택한 직업인데 벌써 10년째 이 직업으로 먹고살고 있습니다.

2006년 11월에 서대완 님과 결혼을 하고 2007년 명상을 함께 시작하면서 행복하게 살아가고 있습니다.

생각해보면 그리 나쁜 인생은 아니었는데 20대를 왜 그렇게 우울하게 보냈나…. 그 점이 20대 생활을 후회하게 만드는군요. 그래도 20대를 지나왔기에 지금처럼 편안한 30대가 되었겠지요. 30대를 충실하게 살아 또 40대를 맞이할 생각입니다.

부족하고 두서없는 글이지만 읽어주셔서 감사합니다. (^_^)

무늬만 경찰

전날 당직을 마치고 퇴근하는 길, 8월 한낮의 태양은 아스팔트 위로 아지랑이를 피워 올리며 세상을 모두 녹여버릴 듯 뜨거운 열기를 뿜어 대고 있었다. 오늘따라 무슨 차가 이리 막히는지 가다 서다를 반복하며 차는 차대로 짜증에, 나는 나대로 피곤에 절어 핸들을 잡은 채 졸다가 깨다가 하면서 그렇게 퇴근길을 재촉하고 있었다.

절반쯤이나 왔을까? 광명을 목전에 둔 어느 사거리에서 얼른 가서 씻고 자야겠다는 생각으로 신호가 바뀌기만 기다리고 있는데, 갑자기 '끼익!' 하면서 '쿵! 쾅! 쿵! 쾅!' 하는 소리가 연이어 들리더니 급기야 묵직한 그 무언가가 내 차 뒤꽁무니까지 때리고서야 멈춰 섰다.

"이거 뭐야?" 하고 내려서 돌아다보는 순간 숨이 멎는 줄 알았다. 15톤 화물트럭이 철재 빔을 가득 싣고 달려오다 신호대기 중이던 차량들을 잇달아 들이받더니 내 차 바로 뒤에서 멈춰선 것이었다.

"어, 어, 어, 어!" 쩍 벌어진 입, 흘러내리는 식은땀을 얼른 수습하고 상황 파악에 들어갔다.

트럭은 운전석 앞과 옆쪽이 심하게 찌그러져 연료인지 윤활유인지 알 수 없는 기름이 새어나오는 가운데 팬 돌아가는 소리가 요란해 금방이라도 폭발할 것만 같았고, 이제 곧 영화 속에서 익히 보아왔던 장면이 바로 내 눈앞에서 재현될 참이었다. 내가 트럭 반대쪽으로 몸을 돌리는 순간 엄청난 폭발음과 함께 내 몸이 공중으로 솟구쳐 오르고 트럭에 실려 있던 철재 빔과 트럭 파편들이 옆에 있던 차량과 가게를 덮쳐 2차, 3차 연쇄 폭발로 이어지며 도로가 패이고 인근 가게가 박살나고 여기저기 시체들이 뒹굴며 신음소리와 선홍빛 핏물이 도로를 적시는 등 한마디로 아비규환 상황이 슬로비디오처럼 눈앞에 전개될 판이었다.

'아! 난 아직 죽으면 안 되는데, 처자식도 있고 아직 할 일도 음… 꽤 많을 텐데… 그리고 또, 또…'

논리가 필요 없는 순간, 이것저것 잴 것 없이 냅다 도로 바깥쪽으로 뛰었다. 빛보다 빠른 속도로 현장에서 멀찌감치 빠져 나왔을 때 주위 사람들이 나누는 대화가 귀에 들어왔다.

"죽었제?"

"죽었을 끼다. 차가 저리 찌그러졌는데."

그제야 트럭 내부를 살펴보니 운전사 한 분이 타고 계신데 휴지조각처럼 찌그러진 운전석 안에서 고통으로 몸부림 치고 있었다. 이를 어째….

도와줘야 되는데, 도와줘야 되는데 하는 생각만 절실할 뿐, 두 다리는 바닥에 붙어서 조금도 움직여지지 않았다. 주위 사람들도 다들 안타까운 심정으로 지켜보고만 있을 뿐, 아무도 선뜻 나서는 사람이 없었다.

사고여파로 운전석이 반쯤 없어져버린 15톤 트럭은 갈수록 거친 소리와 함께 검은 연기와 기름을 사방으로 뿜어대며 금방이라도 '쾅!' 하고 폭발해버릴 것만 같았다.

'아, 어떡해! 지금 저 상황 속으로 뛰어드는 것이 옳을까? 아니면 가슴 졸이며 바라보고만 있어야 할까? 어려움에 처한 이들을 도와주는 것이 내가 해야 할 일인데, 내가 지금 직무유기하고 있는 것 아닐까? 아니야, 어제 당직하면서 실컷 국민의 생명과 재산을 보호해줬고 더군다나 오늘은 비번이잖아. 아, 저 사람을 구해야 되는데 몸은 움직여지지 않고. 아, 나는 누구지? 여긴 어디지? 내 이름은 뭐지? 도대체 어.떻.게 해야 하지?'

얼어붙은 채 꼼짝도 하지 않고 있는 스스로를 이해시킬만한 얄팍하고 그럴듯한 변명거리를 찾느라 머릿속이 분주할 때, '끼익~' 하고 기적처럼 차문이 열렸다. 운전사는 안간힘을 쓰며 운전석에 끼인 오른발을 힘껏 잡아당겨 뽑아내었으나 이미 오른발은 형체를 알아보기 힘들만큼 심하게 다쳐 보였다. 마지막 남은 힘을 다하여 운전석을 벗어나려 밖으로 몸을 던졌으나 미처 빼내지 못한 왼발이 찌그러진 문틈에 끼여 온몸이 허공에 거꾸로 매달린 모습으로 대롱거리게 되고 말았다. 으스러진 왼발목에 온몸의 체중이 실렸고 쉴 새 없이 피가 흘러내렸다.

"으… 아!"

들릴 듯 말듯 작은 소리지만 이루 말할 수 없는 극심한 고통을 표현하는 단말마의 비명소리가 터져 나왔다. 심장이 쪼그라드는 느낌 때문에

아, 어떡해!
지금 저 상황 속으로 뛰어드는 것이 옳을까?
아니면 가슴 졸이며 바라보고만 있어야 할까?
어려움에 처한 이들을 도와주는 것이 내가 해야 할 일인데,
내가 지금 직무유기하고 있는 것 아닐까?

끔찍해서 차마 눈뜨고 볼 수가 없었다.

'도와줘야 되는데, 도와줘야 되는데' 생각하면서도 도저히 접근할 엄두가 나지 않았다. 모두들 안타까운 심정으로 발만 동동 구르고 있을 바로 그때, 옆에서 나와 함께 지켜보고 있던 한 아저씨가 멈칫멈칫하더니 이내 자석에 끌리듯 트럭 옆으로 다가가 허공에 거꾸로 매달린 그 운전사의 어깨를 자신의 등으로 받쳐주는 것이었다. 운전사의 몸에서 흘러나온 피는 그 아저씨의 새하얀 상의를 금세 붉게 물들이고 얼굴에까지 타고 흘러내렸다.

"잠시만 참으세요. 이제 곧 119가 올 거예요."

"으… 으…."

"자녀분들을 생각해서라도 의식을 놓으시면 안 돼요."

"…."

그리고는 두 분 다 말이 없었다.

사고 난 차들과 빠져나가려는 차, 계속 밀려오는 차들로 도로는 금세 엉망진창이 되었고, 그 사이를 어렵게 헤집고 구급차가 도착할 때까지의 30여분이 내게만 지옥처럼 느껴지진 않았을 게다. 왜 그렇게 시간이 더디게 흐르던지. 이미 형체를 알 수 없을 정도로 망가진 다리이지만 고통을 느끼는 세포는 그대로였을 테고, 허공에 매달린 자신을 받쳐주는 다른 사람의 등에서 느껴지는 든든함과 고마움은 극심한 고통 속에서 더욱 크게 다가왔을 게다. 짧은 순간이지만 운전사의 얼굴을 스치던 안도감….

더 이상 운전사의 신음소리도, 차들의 경적소리도 없었다. 지켜보던 모든 이들도 숙연함을 느낀 듯 수군거림이 일순간 딱 멎었다. 세상의 모든 흐름이 멈추고 온갖 잡음이 정지한 듯한 무언의 공간속에서 그 두 사람 간에는 짧지만 영원을 함께 한 진한 전우애가 피어났을 게다.

내 평생 많은 사고현장을 목격했고 교통사고나 안전사고로 인한 사망자들도 많이 봐 왔으나 이렇게 직접 내 눈앞에서 일어나는 사고를 목격하기는 처음이었고 또한 이렇게 감동적인 장면은 없었다. 위기 때 그 사람의 진가가 나타난다고 했던가.

일촉즉발의 순간, 몸도 마음도 나와 정반대로 움직인 저 허름하고 후줄근한 옷차림의 아저씨가 그렇게 위대해 보일 수 없었고, 온갖 고상한 관념과 모범생 콤플렉스를 자랑삼아 두르고 있던 스스로가 부끄러워 견딜 수가 없었다.

머릿속에 수만 가지 아름다운 가치와 지고한 의식들을 담고 있으면 뭐하나? 위기의 순간 내민 손길 하나에 여지없이 증발해 버리고 말 하찮은 것들이라면.

지금 저 분의 등을 받치고 있는 사람이 나였어야 했다고 스스로를 자책하며, 언제나 실천이 아쉬운 초라한 나를 느끼며, 씁쓸한 마음으로 현장을 물러날 수밖에 없었다. 그 날 따가운 8월 한낮의 아스팔트 위에서 이름 모를 어느 아저씨가 보여주었던 용기에 한없는 감사와 존경을 올리고 싶다. 그건 그렇고.

나 경찰 맞아? ㅠ.ㅠ

 같은 상황이었으면 저도 마찬가지였을 겁니다. (전직 경찰 ^^) 한편의 영화를 보는 듯 긴장하며 읽었습니다. 혹시 다치지는 않았나 하구여. 헤헤헤.

저도 애써 외면했던 일들이 생각나 가슴 아프긴 합니다. 경찰 근무복을 입을 때는 시체도 치우고 궂은일도 열심히 하지만, 사복을 입었을 때는 그런 일에서 벗어나기를 갈구하거든요. 후배님께서는 너무 자책하지 마시기를 바랍니다.

전에 주영이를 만났을 때 "아빠는?" 했더니 "우리아빠 지금 경찰서에 있어요." 하더군요. 순간 주영이 아버님이 경찰인 걸 잊고 "무슨 잘못이라도?" 했답니다. 하하~

너무 현실감 있게 표현을 해주셔서 운전사의 고통이 느껴지는 듯하네요. 이름 모를 그 아저씨께 감사의 마음을 전합니다. 영화 같은 이야기, 잘 읽었습니다.

실제 상황보다 더 극적인 사건 전개인 것 같습니다. 똑같은 상황이 다시 전개된다면, 무늬만 경찰일 것 같진 않습니다.

90

지은이 김정완

1973년생, 경찰공무원 | 2004년 명상입문

'명상인'이라고 하기엔 부끄러운 만 4년차 수련생이며 혼자 있는 것 좋아하고 비사교적인 체질입니다.

사람에 대한 선명한 호불호로 불필요한 에너지낭비 경향 뚜렷하고, 자신의 좁은 틀로 만사를 가늠해보려는 안타까운 성향의 소유자이기도 합니다. 이 모든 것에도 불구하고 넘어질 때마다 더 강해져서 다시 일어나는 오뚝이 같은 사람!이 되고 싶답니다. ^^;

중3때 신경쇠약을, 고1때 강렬한 자살충동을 겪으면서 평소 '허무하다'는 생각을 떨칠 수 없었습니다. 보는 방향에 따라 이렇게도 저렇게도 보이는 세상, 직업상 세상의 그늘진 모습만 바라보며 삶에 대한 상이 더욱 일그러져 갈 무렵, 우연히 명상을 만나 비로소 균형감각을 배워가고 있습니다.

세상의 모든 고통이 다 이유가 있음을, 스스로에게도 남에게도 인정하고 받아들이는 과정을 통해 치유가 가능함을 이제야 조금씩 알아가고 있습니다.

아직 제대로 명상을 하고 있다고 하기엔 부끄럽지만, 몸과 함께 마음이 많이 편안해진 느낌입니다.

이전의 조바심이나 불필요한 걱정이 상당 부분 덜어졌고 주변 일상사가 제가 의식하지 못하는 사이에 저절로 고르게 '세팅' 되어가는 느낌입니다.

나 같은 사람 또 보면 안 되지!

징~ 슈~ 철거덕, 징~ 슈~ 철거덕….

'어? 기계가 왜 그러지? 설마!!!'

IMF로 회사는 망했다. 입에 풀칠이라도 해야겠기에 덜렁 들고 나온 풍선인쇄기계가 가끔씩 말썽이다.

풍선을 인쇄하는 일은 잔손이 많이 가는 일이다. 풍선은 불면 부피팽창을 많이 하므로 불어서 인쇄를 하지 않으면 불었을 때 글자가 깨지게 된다. 꼭 바람을 불어서 인쇄를 해야 한다.

기계에 풍선을 하나씩 끼워 넣어주면, 한 칸씩 이동되며, 바람이 빵빵하게 들어가고, 인쇄, 추출하는 공정을 반복하게 되는데, 하나씩 넣어주는 단순한 노동이 팔팔한 나이였던 나에겐 여간 고역이 아니었다. 기계야 고장이 나면 고치면 되지만, 문제는 납기일에 쫓기고 있을 때 주로 고장이 난다는 것이고, 고장 나서 수리공을 부르려면, 최소 10~20번 전화를 걸어야 하고 밍기적 거리며 자신의 존재가치를 한껏 내세우는 수리공들의 태도가 더 진저리쳐진다는 것이다.

이번에는 바람을 압축시키는 컴프레서가 고장인데, 기존 거래처는 얼마나 바쁘신지 오는 데 3시간, 부품 가져다가 수리하는 데 2시간, 도합 5시간이 걸린단다. 물어물어 알아둔 새로운 곳에 급하니 서둘러 달라며 수리를 부탁하였다. 납기시간을 계산하니 2시간의 여유가 있었다. 수리공이 오면 어떻게든 2시간 안에 고쳐야 하므로, 이 궁리 저 궁리하며 생각해 보건데 정중히 부탁하는 것이 제일일 것 같았다. 그러다가 얕잡아보고 늑장부리면 낭패인데 어쩌지?

이 일을 하고 있으면 참 여러 가지 황당한 경우가 부지기수로 발생한다.

급하다고 하여 밤새워 인쇄해주면 고맙다며 오늘 중으로 송금한다고하고선 떼어먹고, 어떤 이는 사람을 믿지 못하면 어찌하느냐며 생떼 써서 믿어주면 떼어먹고, 자신은 그런 사람 아니라며 속고만 살았냐며 눈알을 부라려서 내어주면 떼어먹고, 사업하는 사람이 그깟 5만 원 때문에 쫀쫀하게 그러지 말라며 떼어먹고, 자신도 돈을 못 받아서 그러니 받으면 준다고 기다리라고만 하고, 돈은 있는데 차비가 없다며 3만 원만 나중에 준다며 소식 없고, 100만 원 수표 보여주며 90만 원 거슬러 달래서 나중에 현금으로 달라하면 떼어먹고, 처음엔 완결, 점차 일부를 덜 주다가 결국 미수금 떼어먹히고….

그렇더라도 '난 단지 믿었을 뿐이고~' 그래도 내가 해야 할 일은 반드시 차질 없게 하려고 노력하는데 그 반대의 경우가 발생할 땐 어찌될지 암담하기만 하였다.

그 말 속에는 자신을 무시하여 화를 낸 것도
돈 때문에 이런 일 하는 것도 아닌, 부디 기계를 잘 다루어
자신과 같은 A/S기사를 부르지 말라는 염려와 당부,
젊은 나이에 열심히 사는 모습이 예쁘다는
칭찬과 정이 들어 있었다.

얼마 후 60이 넘어 보이고 평온해 보이는 인상의 아저씨가 와서는 컴프레서를 보자고 한다.

'어휴, 인상은 좋은데 나이도 많고. 믿고 정중하게 부탁할까? 아냐! 일인데 인상과 나이가 무슨 상관이야? 2시간 안에 빨리 고쳐야 하는데'

납품을 못했을 경우를 생각하니 등줄기에 식은땀이 흐른다. 페널티로 물어 낼 돈도 돈이지만, 줄줄이 빌어야 하는 상황을 생각하니 아찔하다.

"아저씨! 2시간 안에 고칠 수 있어요?"

"해봐야지요."

"무조건 고쳐야 됩니다. 아시겠어요?"

"…"

"물건을 제대로 만들어야지! 이거 툭하면 고장이고. 아저씨들은 고장 나면 돈 벌어서 좋지? 그래 남 고통이 아저씨들에겐 기쁨이라니까! 2시간 넘을 거면 아예 손도 대지 마세요!"

아무 말 없이 얼마 정도 비용이 나온다며 바삐 손을 움직인다. 심하다 싶었지만 이미 엎질러진 물이고, 10분 정도 간격으로 들락거리며 무언의 압력을 가한다.

1시간 정도 시간이 지나자 전기를 넣어 보란다. 스위치를 올리자 컴프레서가 돌며 공기의 압력을 기계 쪽으로 보낸다. 성공이다!

'오! 주여, 오! 하나님, 오! 부처님, 감사합니다!'

속으론 만세를 연발했지만 겉으론 '수고 했습니다' 소리도 안하고 퉁명스럽게 다음에 또 보자고 하였다.

"나 같은 사람을 또 보면 안 되지!"

"뭐라고? 이 아저씨가 일 잘 하고선?"

그때 아저씨와 눈을 마주쳤는데 순간 그 마음이 '진심'이라는 게 느껴졌다. 눈물이 핑 돌아 고개를 돌리곤 부끄러워 아저씨를 바로 볼 수 없었다. 그 말 속에는 자신을 무시하여 화를 낸 것도, 돈 때문에 이런 일 하는 것도 아닌, 부디 기계를 잘 다루어 자신과 같은 A/S 기사를 부르지 말라는 염려와 당부, 젊은 나이에 열심히 사는 모습이 예쁘다는 칭찬과 정이 들어 있었다.

말도 못하고 고개만 숙이고 있는 내가 안타까웠는지 이것저것 묻더니, 기계에 대해 설명해주며 또 볼 수 있는 거라며 오해하지 말란다. 자기는 컴프레서만 보면 그 집 상황을 다 안다고. 자네보다 더한 경우도 있다며 괜찮다고 위로를 해준다. 그 후에도 가끔씩 정기적으로 기사를 보내어 컴프레서를 점검하여 주고, 미리 조치를 취해주어서 그 후 컴프레서 걱정은 하지 않아도 되었다.

주저앉고 싶을 정도로 지친 시기에 내 가슴을 울려준 고마운 한마디였다. 나의 잣대에 세상이 맞춰지기를 바라던 시기였다. 나의 무지가 깨지고 두들겨지는 만만치 않은 세상공부 중이었던 때였다. 하루하루를 넘기는 게 힘든 시기였지만, 나를 알아주는 한 사람을 만난 것이다.

그 후에도 상황은 계속되었지만 비슷한 것은 있어도, 똑같은 것은 없는지 예상하고 준비한 일일지라도 막상 나의 일로 닥치면 새롭고 당황스러운 것이 삶인가 보다.

수많은 경우의 수를 대입하며 선택의 기로에 설 때는 늘 외로울 뿐이다. 한 번의 실수가 하나의 경우의 수를 더하고, 경우의 수가 더해짐에 따라 나는 노화해진다. 열정이 식어야 주위가 보이는데, 다들 그러고 살고 있다. 그래도 내가 제일 잘났다는 자기 포만감과 내일은 오늘보다 나을 거라는 막연한 기대 하나를 갖고선 그냥들 산다.

8년이 지난 재작년에서야 그 아저씨 소식을 들었다. 몇 년 전에 술이나 한잔 하자고 하더니 소식이 끊겼었는데 그 사이 암으로 돌아가셨다고 한다. 전부터 배가 좀 아프다고 하면서도 그렇게 술을 찾더니만 병원에 가보니 암이셨단다. 자기는 병원에 입원해야하니 이제 진짜로 자주 보기 힘들겠다고 하시기에 걱정 말고 병원 가서 치료 잘 받으시라고 한 것이 마지막 인사였다.

"알았다. 열심히 일 잘해라!" 하며 껄껄 웃으시더니 일주일 만에 돌아가셨단다.

징~ 슈~ 철거덕, 징~ 슈~ 철거덕. 멈출 줄 모르고 요란하게 돌아가고 있는 컴프레서를 보고 있자니 그날 그분이 "나 같은 사람 또 보면 안되지!" 하시며 웃으시는 것 같다.

고마운 분이셨네요. 고인의 명복을 빕니다.

어려운 시기에 자신을 알아봐 준 사람이 있으면 정말 힘이 나지요? 누군가에게 힘을 주는 사람이 되고 싶네요.

현실감 있게 글이 잘 와 닿았습니다.

지난 번 풍선 이벤트 참 멋졌는데 그런 숨은 노고가 있으셨네요.^^

지은이 허정행

1966년생, 자영업 | 2005년 명상입문

목가적인 전원생활의 어린 시절을 보냈습니다.
90년대 초 세상과의 정면 대결을 벌였으나 대패하고, 다시 아주 치열한 도전과 응전을 반복하였습니다. 이 과정에서 세상의 다양한 형태를 보고, 세상을 이루는 근간을 알고자 하는 마음이 일어 2005년 명상을 시작하게 되었습니다. 초기에는 수련으로 오는 맑은 기운과 일상생활의 번잡함으로 인해 고충이 있었으나 생활 속에서 명상을 하는 것이 진리라는 생각을 갖게 되면서 평온한 평상심을 얻게 되었습니다.
알게 된 것과 일치되기 위하여 더욱 노력하는 한 사람이 되고자 합니다.

뚝배기 한 그릇

"오늘 대전에서 잘 거지? 이따 다섯 시에 대흥동 시외버스터미널 앞에서 기다려."

중학교 3학년 고입체력장 전날 옆 반 담임이신 사회선생님께서 말씀하셨다.

"예."라고 대답을 하고서도 우리 담임도 아니신 분이 무슨 일로 보자 하실까 의아했다. 소규모 시골학교라서 학생과장을 겸임하셨던 그분은 엄격하시기로 유명한 분이셔서 학생들이 무서워하는 선생님이었다.

내가 다닌 중학교는 대덕군 관내에 있었고 체력장은 1시간 30분 거리에 떨어져 있는 유성중학교에서 시행되었다. 대전에 사시는 고모 댁에서 자고 아침에 유성으로 가기로 하고는 고모 댁에 들렀다가 시외버스터미널에 나가 선생님을 기다렸다. 곧 선생님께서 오시더니 따라오라신다. 한참을 가시더니 어느 식당으로 들어가신다. 시골에서 가난하게 자라서 자장면 한 그릇 사서 먹어본 적이 없었던 나는 고급 한식당의 분위기에 어리둥절하며 선생님을 따라 앉았다. 검은 뚝배기 그릇에 김이 무럭무럭 나는 처음 본 음식이 한 그릇 나왔다.

"이 집은 우족탕을 전문으로 하는 집이야. 돌그릇을 불로 달구어놓고 탕을 담아주니 다 먹을 때까지 뜨거울 거야. 조심해서 천천히 다 먹어."

유난히 숫기가 없었던 나는 고맙다는 인사도 제대로 하지 못하고 그 뜨거운 우족탕을 천천히 맛있게 먹었다. 선생님께서는 맞은편에 앉아서 먹는 나를 흐뭇하게 바라보고 계셨다.

담임선생님께서는 나의 가정 사정을 잘 아셨기에, 학비가 없는 금오공고에 진학을 권유하시면서 학교장 추천을 받아주셨다. 그 학교는 10월에 따로 무시험 전형을 했는데, 담임선생님께서 첫 부임지가 그 학교가 있는 구미였다면서 함께 가 주셨다. 그리고 교통비와 숙식비를 모두 다 내주셨고 다행스럽게도 나는 합격을 했다.

그리고 대전고에도 원서를 내보라고 하셨다. 시험보기 전날, 선생님께서 대흥동 버스터미널 앞에서 기다리라 하셔서 나갔더니, 이 분도 나를 데리고 그 우족탕 집에 가셔서 우족탕 한 그릇을 주문하셔서 또 나만 먹게 되었다. 역시 고맙다는 말씀도 못 드리고 묵묵히 먹었다.

대전고에도 합격하여 선생님들이 많이 기뻐하셨다. 대부분 선생님들은 내가 대전고보다는 학비를 내지 않는 금오공고에 가는 것이 좋을 것이라 하셨는데, 영어 담당 선생님께서는 대전고로 진학할 것을 권유하셨다. 그 선생님은 당뇨병이 심하셨고 귀가 어두우셔서 보청기를 끼셨다. 일제 시대에 일본에서 대학을 다니셨지만, 학도병에 다녀오시지 않아 졸업장을 받지 못해서 평생 평교사로 지내셨다. 편찮으시면서도 참 열정적으로 가르치셨다. 그분은 내가 가정형편 때문에 대전고를 포기하는 것이 안타까워 그 고장 출신이면서 공화당원 내 총무였던 어느 국회의원 사무실에 가서 장학금제도를 만들어달라고 요청하러 다녀오시다가 뒤에서 오는 기차소리를 듣지 못하시고 사고를 당하실 뻔하기도 하셨다.

유난히 허약해 보였던 제자가 힘내서 시험을 잘 보라고, 함께 드시지 못할 정도로 가격이 부담스러웠을 우족탕을 사주셨던 사회선생님께서는 많지 않은 연세에 돌아가셨다. 대사동에 사시면서 새벽에 보문산 등산을 즐기셨는데, 어느 날 새벽 여느 때처럼 등산 가시다 쓰러지셔서 돌아가셨다는 말을 전해 들었다.

담임선생님께서는 나를 댁으로 데리고 가셔서 한 가족처럼 대해주셨고 나도 스스럼없이 선생님 댁에 다녔다. 고등학교를 졸업하고 바로 소집되어 군대에 갔는데, 대전에서 근무하면서 종종 선생님 댁에 다니곤 했다. 그러나 제대하고 대학에 들어간 후부터 제대로 뵙지 못했다. 그리고 영어선생님께서는 정년퇴임 후 지병으로 돌아가셨다.

5공화국 시절이어서 대학생들의 과외가 금지되어 체육과 교수님들의 자료를 번역해 드리며 공부했는데, 무리하였는지 몸이 많이 아팠다. 졸업하고 인천으로 발령을 받은 후에 대수술을 했고, 계속 건강이 좋지 않았다. 건강도 좋지 않은 상태에서 제대로 놀 줄도 모르고, 항상 무슨 일에든 몸과 마음이 매여 무겁게 살아와서인지, 우울증환자가 되었다. 마음은 있어도 실행이 되지 않았다. '감사' 라는 말이 나올 때마다 그 우족탕과 함께 그분들의 제자 사랑이 떠오른다.

교사로 학교에 근무하면서 그 선생님들께서 베푸셨던 그런 사랑을 베풀지 못하고, 그 선생님들 생각이 나면 죄스러운 마음이 크다. 스승의 날이 돌아오면 아이들 앞에 제대로 서지 못했다.

올해는 시간을 내어서 대전에 살고 계실 것이라 생각되는 옛 담임선생님을 수소문하여 찾아 뵐 것을 다짐해본다. 내리 사랑이라고, 그분들이 베푸신 은혜를 똑같은 형태는 아닐지라도 내가 가르치는 학생들에게 베풀어보고 싶다.

경제적으로 가장 어려웠을 때 베풀어 주셨던 세 선생님들의 은혜에 깊이 감사드립니다. 그리고 이미 고인이 되신 사회, 영어선생님이셨던 두 선생님의 명복을 빕니다.

우족탕은 아니지만, 사골국의 진함을 알게 해 준 분이시죠. 선배님. 음식 하나에 서려있는 추억과 고마움이 따뜻합니다.

대전 대흥동, 대전 사람은 아니지만 은행동 대흥동을 좀 안답니다. 지금은 예전만 못하지만 젊은이들은 아직도 그 거리로 나오지요. 그쪽 동네서 직장생활 쫌 해서 약간 알거든요. 우족탕과 선생님 훈훈한 사랑이 전해옵니다.

제 스승님은 아니지만 제자를 사랑해주신 선생님들께 감사드리며 명복을 빕니다.

덕분에 참 맛있는 사골국을 먹었습니다. 저도 고마웠습니다.

지은이 강진구

1959년생, 영어교사 | 1999년 명상입문

새벽 명상으로 단전에 기운을 빵빵하게 쌓고, 몸의 탁기를 제거하여 맑게 준
비하고, 마음을 편안하게 열고, 가슴은 활짝 펴고, 얼굴에는 미소를 지으며
의기양양하게 출근하며 다짐합니다.

'오늘은 아이들에게 마음을 활짝 열고 하루 종일 웃는 얼굴로 화내지 않을
거야!!!'

그러나 나날이 진화하는 악동들의 수법에 여지없이 무너지고 마는 중년의
고등학교 교사입니다. 어떤 날은 아침부터 얼굴을 일그러뜨리기도 하지만
하루 종일 웃는 얼굴을 유지하기도 합니다. 명상 덕분이죠.

88년 3월, 서른살에 대학을 졸업하고 인천으로 초임발령을 받았습니다. 건
강이 너무 좋지 않아서 결국 그 해 대수술을 받았습니다. 그리곤 수업 한 시
간 한 시간이 힘들어서 얼굴이 일그러지곤 했습니다.

몸은 아픈데 병원에 가도 여전히 그대로였습니다. 그 후 여러 곳을 찾아다니
며 원인을 찾았지만 별 차도가 없었습니다. 실망하여 살고 있던 중 '선계에
가고 싶다'를 읽고 수선재 명상에 입문했습니다.

입문하자마자 그 현상들이 점차로 줄어들면서 몸이 맑아지고 끊기 어려웠
던 담배 연기가 싫어져 금연을 할 수 있게 되었습니다. 호흡을 바탕으로 하
는 명상으로 체력도 길러지고 마음의 힘도 강해져 일상생활에서 흔들림이
적어졌고 편안해졌습니다.

이제 몸이 아프고 성격적으로 치우침을 가진 선생님들과 학생들이 함께 명
상을 하여 몸이 건강해지고 마음이 편안해져서 더욱 활기차고 건강한 교육
현장을 만드는 일에 도움이 되기를 희망합니다.

눈물의 3단 찬합

4,50대 사람들에게 '지금으로부터 2~30년 전 대학 1년 때의 그 환경 그대로 돌아갈 수 있다면 가겠는가?' 라고 질문을 한다면 아마 많은 사람들이 다시 그 젊은 시절로 돌아가겠다고 대답할 것이다. 젊음은 무엇과도 바꿀 수가 없는 가치이기 때문이다. 그 시절로 돌아간다면 정말 보람 있게 인생을 다시 준비할 수 있다는 것은 매력적인 유혹이 아닐 수 없다. 하지만 만약 나에게 같은 질문을 한다면 생각할 것도 없이 듣자마자 'Never!' 이라고 답할 것이다. 그때의 생활을 다시 기억하고 싶지 않기 때문이다.

40대 중반까지 살아오면서 나는 지금까지의 고생 중에서 대학 생활 때만큼 고생한 기억이 없다. 아버지 사업이 망해서 대학 입학금만 부모님의 도움을 받았고 졸업할 때까지 등록금이나 생활비를 받은 기억이 없다. 등록금 및 생활비 등 모든 것은 내가 벌어서 충당했다. 입학한 첫 학기부터 생활고로 인해 눈물의 연속이었다. 그 고통이 직장에 취직할

직전까지 계속되었다.

당시 대학생에게는 불법이었던 과외를 하면서 지하철에서 신문팔이도 열심히 했다. 생활고에 시달리다 보니 자연히 공부는 등한시할 수밖에 없었다. 그렇게 하지 않으면 굶어 죽기 십상이었기 때문이다. 과외하다 해고된 달은 돈 천원이 없어서 굶기가 다반사였다. 어떤 때는 3일 동안 자취방에 앉아서 물만 먹은 적도 많다.

"3일 굶고 남의 집 담을 안 넘을 사람 없다." 그 말은 정말 진실이었다.

객지생활에서 제일 서러운 것이 차디찬 겨울에 연탄 한 장 살 돈, 밥 먹을 돈, 약 사먹을 돈도 없는 상황에서 배도 고프고 아파서 골골하면서 차디찬 방에 혼자 누워 있을 때이다. 여기에 명절까지 겹치면 정말 서럽다.

이 다섯 가지가 함께 하면 정말 외로움이 무엇인지 막막함이 무엇인지 알게 된다. 대학 생활 7년 동안 딱 세 번 펑펑 운 적이 있었는데 한 번은 견디다 견디다 도저히 못 견딜 만큼 너무 힘들고 서러워서 울었고, 두 번은 너무나 감사해서 울었다. 1992년 12월 31일 저녁, 이 날은 잊을 수 없는 날이다.

대학졸업반이었고 위에서 말한 다섯 가지 조건이 완벽하게 구비된 날이었다. 남들은 신년을 맞이하는 즐거움에 취해 있을 시간, 나는 차디찬 자취방에서 몸져누워 있었다. 주인아주머니가 불쌍해서 몇 장 준 연탄이 떨어진지도 며칠 째, 나는 또 한 번 최악의 상황을 맞이하고 있었다. 온 몸이 불덩어리처럼 타 오르고 정신이 혼미한 상황에서 헤매고 있을 때 누군가 방문을 두드렸다.

미닫이문이 열리며 대학 과 친구와 그의 여자 친구가 들어왔다. 내 사정을 잘 아는 친구였다. 아무래도 걱정이 되어서 찾아 왔다면서 무엇인가 꺼내어 앞에 내려놓았다. 3단 찬합이었다. 열어 보니 정성스럽게 싼 김밥, 유부초밥, 그리고 각종 맛깔스런 반찬들이었다. 보온병에 담아온 따뜻한 차 한 잔 건네주면서 배가 고플 텐데 먹으라고….

김밥 한 조각을 먹고 씹는 순간 나도 모르게 울컥하고 눈물을 쏟고 말았다. 이 글을 쓰는 지금 이 순간도 그때를 떠 올리자 다시 눈물이 난다. 너무나 고맙고 감사해서 고맙다는 말이 목에서 나오지 못했다. 그 친구는 내가 먹는 동안 조용히 나가더니 약을 사 가지고 왔다. 밥 먹고 약 먹으라고…. 다시 한 번 내 눈에는 닭똥 같은 눈물이 맺혔다.

그 날 이후로 나는 다짐을 했다. 평생 동안 베푸는 삶을 살아야겠다고. 매달 내 수입의 십분의 일을 십일조로 내고 매달 그 이상을 나 또는 가족이 아닌 타인을 위해서 쓰겠다고. 친구가 가져온 3단 찬합은 평생 고마운 기억으로 남아, 그때의 다짐을 실천하며 지금의 삶에 감사하며 살아가고 있다.

아무래도 걱정이 되어서 찾아 왔다면서
무엇인가 꺼내어 앞에 내려놓았다. 3단 찬합이었다.
열어 보니 정성스럽게 싼 김밥, 유부초밥,
그리고 각종 맛깔스런 반찬들이었다.

저도 당시 1500원이던 학교 식당 밥 한번 사먹기가 너무 힘들었던 시절이 있었죠. 그때 그 시절이 생각나서 저도 눈물이 납니다. 그때 동기들 옆에 빌붙어서 참 밥도 많이 얻어먹었네요.

이런 어려움을 경험하셔서 지금의 따뜻함을 가지고 계시는군요. 왜 가난한 사람이 가난한 사람을 도와주는지 알 수 있을 것 같네요.

말년에 겪는 어려움보단 초년에 겪는 어려움이 낫겠지요. 저는 지금에서야 산다는 것을 실감하는 사람입니다. 어려움을 겪어보지 못한 자가 어떻게 그때를 논할 수 있겠습니까? 역경을 딛고 이 자리에 서 계신 님께 존경을 표합니다.

눈물 납니다. 저도 엄마가 토큰 달랑 두 개 주면 그것 갖고 학교 가곤 했지요.

친구를 위해 음식을 준비했던 그분은 마음이 더 행복하지 않았을까요?^^ 무언가를 남에게 주는 일이 참 가슴 뿌듯한 일인데 쉽지 않기도 하지요.

지은이 김홍진

1966년생, 선물회사 영업팀장 | 2002년 명상입문

저는 어릴 때부터 '나는 이 땅에 왜 태어났나?' 라는 질문을 수시로 하곤 했습니다. 돈 안 되는 이런 질문을 거의 의식하지 않은 상태에서 하였지요. 그러나 치열한 생활전선에 뛰어 들다보니 한동안 잊고 살았습니다. 영업이라는 업무를 택하고서부터 몸이 상하기 시작했습니다. 운동을 하지 않은 가운데 밤에 술과 함께 폭식을 하다 보니 점점 살이 불어났습니다. 30대 초반부터 허리가 아프기 시작하더니 시간이 지날수록 아픈 주기는 빨라지고 아픈 기간은 늘어났습니다. 급기야 허리가 아파서 아침 출근 전에 욕실에서 쓰러져 119 구급차 편으로 병원 응급실로 실려 갔지요. 요추 3~5번까지 퇴행이 되었으니 상황을 보면서 수술 여부를 결정하자고 의사선생님이 말씀하셨습니다.

이즈음 저는 사회생활을 거의 하지 못할 정도로 허리가 많이 아팠습니다. 자리에서 일어날 때 10분, 누울 때 10분이 걸릴 정도로 병이 중한 상황이었습니다. 그러나 허리에 한 번 칼 대면 평생을 고생한다는 얘기를 주위로부터 많이 들었던 저는 수술을 하지 않고 나을 수 있는 길을 찾았지요.

그러다가 '명상을 하면 도움이 되지 않을까' 하는 생각이 들어 다음날 집사람의 도움을 받아 몸을 일으켜 명상을 시작하게 되었습니다. 당시 지도하시는 분이 3개월 하루도 빠짐없이 열심히 하면 허리가 좋아질 거라고 말씀하셔서 지푸라기라도 잡는 심정으로 시키는 대로 열심히 하였습니다. 당시 제 몸 상태가 워낙 좋지 않아서 허리 낫는 것 이상 중요한 것은 없었으니까요.

그런데 놀랍게도 정말로 3개월 뒤에 언제 허리가 아팠나 싶을 정도로 회복이 되었습니다. 일련의 이런 과정을 겪어 보지 않은 사람은 도저히 이해할 수 없을 정도로 제게는 너무나 큰 기쁨이었습니다. 몸이 낫자 다음에는 마음 수련에 관심을 가지기 시작한 것이지요.

명상을 한 지 7년째, 저의 44년 삶 동안 이 7년이 가장 보람 있었다고 스스로 자평하고 있습니다. 삶도 변했지만 그보다 제 마음에 큰 변화가 일어났기 때문입니다. 마음의 평안, 무엇과도 바꿀 수 없는 그것을 저는 여기서 얻을 수 있었습니다. 또한, 지금은 또 다른 행복을 발견했습니다. 제 영혼이 그렇게 알고자 갈망하고 있었던 질문에 대한 실마리를 수련을 통해 발견한 것이지요. 생활에 찌들려 한동안 잊고 있었던 '나는 이 땅에 왜 태어났나?' 라고 했던 질문. 저는 이것을 깨닫기 위해 오늘도 힘차게 한 발 내딛고 있답니다.

지금처럼 뚱뚱했어요?

'눈물의 3단 찬합'의 김홍진 님과 부부이신
이은영 님의 이야기입니다~ ^^

1997년 IMF 한파가 몰아칠 때 불황이다, 감원이다 다 남의 일인 줄 알았다. 금융회사에 다니고 있어서 직접 피부에 와 닿는 일이 없었기 때문이다. 그러던 어느 날, 잘 나가던 회사가 금융회사 구조조정으로 퇴출되었다. 10년 동안 다니던 직장에서 특별한 능력도 없던 나는 실업자 신세로 전락했다.

퇴출된 회사의 정리 작업 중에 함께 일했던 분의 추천으로 지금 다니는 회사에 이력서를 넣고 면접을 봤다. 함께 면접 본 사람이 있는데 그 사람이 입사를 포기하는 바람에 내가 입사하게 되었다. 당시 팀장님은 나와 같이 면접 본 사람이 더 맘에 들어서인지 처음부터 나를 탐탁지 않게 생각하셨다. 지원팀 직원이라고 해봐야 전체 10명 정도인 회사에서의 생활은 이렇게 불편하게 시작되었다.

아침 일찍 출근해 말 한마디 안하고 퇴근한 날이 많았다. 10년 넘게 다니던 직장을 떠나 새로운 조직에 들어가 사교성이 뛰어난 것도, 음주가무에 능한 것도 아닌 내가 새로운 팀에 적응하기란 쉬운 일이 아니었다.

내가 "○팀장님." 하고 부르면 팀장님은 다른 사람은 그냥 "팀장님." 하는데 은영 씨만 "○팀장님."으로 부른다고 꾸중을 하시는 등 하는 일마다 꼬투리를 잡고 잔소리를 하셨다. 그 팀장님의 특징은 화를 낼 때 불편한 사람에게는 꼭 존댓말을 쓰곤 하셔서 기분이 좋은지 아닌지는 존댓말 여부로 확인이 가능했다.

팀장님과 하루도 그냥 지나가는 날이 없을 정도로 견디기 힘든 하루하루의 연속이었다. 새로운 업무로 나를 채용했는데 새로운 일은 점점 더디게 진행됐고 팀장님과의 관계도 계속 악화되었다.

어느 날 저녁 팀장님이 맘에 안 든다는 얘기만 계속하자 이제 그만 다니겠다고 큰소리치며 울면서 회사를 뛰쳐나오게 되는 일이 벌어졌다. 그 상황을 안 중간관리자인 대리가 저녁을 사주면서 "1년만 같이 일하자. 그 이후에 떠나도 되지 않겠느냐, 이렇게 그만두면 억울하지 않겠느냐!"며 설득을 하기 시작했고 설득에 넘어간 난, 1년만 있자고 결심하고 다시 다니기 시작했는데 그 후 10년이 넘은 지금까지도 열심히 다니고 있다.^^

대리의 첫인상은 그다지 좋지 않았다. 첫 출근 하던 날, 술을 얼마나 드셨는지 출근시간에 출근도 못해 지각했다고 엄청 혼나고 계셨다. 얼굴은 검은데다가 술 냄새 팍팍 풍기고 몸은 뚱뚱하고 약간 느끼해 보이기까지 하였다.

그날 이후 새로운 업무를 같이 시작하게 되었다. 전에는 혼자 덩그러니 떨어져 일했는데 옆에 앉아서 회사생활에 잘 적응할 수 있도록 도와 주시고 업무를 많이 챙겨 주셨다.

한 사람으로 인해 회사생활이 괴로울 수도 있고 즐거울 수도 있다는 걸 다시 한 번 경험했다. 밤늦게까지 야근을 해도 힘든 줄 모르고 열심히 일했다. 그때 그 시절의 대리님은 얼마 안 있어 다른 곳으로 이직했으나 그는 현재 내 남편이자 도반이 되었다. 무뚝뚝한 나를 대신해 약간의 애교로 나를 웃게도 해주고 내가 마음 아파 괴로울 때 나를 따뜻하게 위로해 주는 고마운 남편이다.

지금이야 이렇게 참 감사하다는 생각이 들지만 이 남편이 결혼 초에는 무던히도 속을 썩였다. 결혼하자마자 남편만 지점으로 발령 났는데 회사에서 영업하라고 압박을 하니 결국 일반적으로 증권사 영업사원들이 망하는 지름길로 가는 일임매매를 하였다. 파생상품이라는 것이 어렵다 보니 아줌마들이 스스로 투자하지는 못하고 돈 불려 달라고 남편에게 맡긴 것이다. 남편 또한 실적에 쪼이다 보니 덥석 받았고…. 그러면서 항변하길,

"지점장님 이하 모든 영업직원들이 다 이렇게 영업해. 실적도 채우고 돈도 벌면 일석이조니 얼마나 좋아? 믿어봐!" 큰 소리 뻥뻥 치고….

이 장면을 보는 나는 기가 찰 노릇이었다. 증권사 생활 10년 짬밥의 선배인 내가 보기에 남편은 순진한 생각을 가지고 절벽을 향해 가는 어린 양이었다.

아니나 다를까? 시장 경험이 많아 돈을 벌 수 있으면 얼마나 좋을까

사람들은 가끔 나에게 묻는다.
"결혼 전에도 남편이 지금처럼 뚱뚱했어요?"
"그런데 어떻게 결혼했어요?"
그러면 나는 그냥 웃는다.

마는 당시에는 남편 또한 파생금융상품 투자에 초보라 1년 동안 무려 1억씩 까먹었다. 한 달에 150만 원 정도 받으면서 두 달을 주기로 몇 천씩 대출을 받아 회사에서 정한 목표를 채우느라 힘써 계좌를 돌린 결과이다.

참다 참다 못해서 내가 한마디 하면 그날은 서로 한바탕하고 2~3일 냉전 기간을 거쳤다. 이후 잠잠하다가 또 대출 받아야 할 때쯤 되면 전쟁을 되풀이 하니 지금까지 결혼 생활에서 가장 힘들었던 시기가 바로 이 1년 동안이 아닌가 싶다. 그래도 남편은 어떻게 하든지 그 상황을 타개하려고 무지하게 공부를 하기 시작했다.

남편 왈, "그때 시장에 대해서 공부한 것처럼 학교 다닐 때 공부했으면 아마 고시도 몇 번은 붙었을 거야~"

지금은 그 동안 진 빚은 다 갚고, 남편이 열심히 일한 덕분에 큰 집은 아니지만 빚 없이 집을 마련했다. 이직하고 회사에 적응하지 못해 힘들었을 때 내게 베푼 따뜻함에 이끌려 사랑을 느껴 결혼을 했다. 결혼 초엔 무던히도 애를 먹이더니만 2002년 가을부터 명상을 시작한 이후 서로 동일한 가치관을 공유하면서 상대를 있는 그대로 인정하게 되었다. 싸울 일도 줄어들고 어느덧 마음의 여유도 생기면서.

사람들은 지금도 가끔 나에게 묻는다.

"결혼 전에도 지금처럼 뚱뚱했어요?"

"네, 지금보다는 약간 슬림했지만 기본체형은…."

"그런데 어떻게 결혼했어요?"

그러면 나는 그냥 배시시 웃는다. 그들이 어떻게 알겠는가? 배불뚝이고 못생겼지만 마음은 참 따뜻한 사람이라는 것을….

여보! 함께 있어 줘서 고마워요.

그럼, 그때 위로해 주시던 대리님이 지금 뚱뚱한 남편 분이신가요? 하하~ 위로가 아니라 딴생각이 있었던 것은 아닌지 매우 궁금해집니다.^^ 함께 갈 수 있는 동반자가 있다는 것은 커다란 행복이지요.

일기 몇 줄 쓰는 것도 힘드시다는 분이 이렇게 긴 글을 쓰시다니 감동입니다. "결혼 전에도 현재처럼 뚱뚱했어요?" 이 질문은 저도 한 것 같네요. 하하~ 김흥진 선배님 참 멋진 분이시죠? 말발로 모두를 흡수해버리시는 놀라운 능력을 지니신 분이시지요.

그거 제가 한 질문 같은데요? 처음엔 그랬는데 볼수록 두 분이 잘 어울리시더라고요. 하하~

공개적으로 '00뚝이'라고 하시다니요. 다정한 두 분이 참 보기 좋습니다. 글도요~

글 쓰는 것 못한다고 하신 분 맞아요? 정말 두 분은 참 인연인 것 같습니다. 함께 할 수 있어서 너무 좋아요.

지은이 이은영

1969년생, 선물회사 근무 | 2002년 명상입문

환상의 D라인을 갖고 있는 남편이 명상을 시작하고 허리통증이 점차 나아
지는 것을 보고 호기심에 따라 다니기 시작.

술과 담배 좋아하고 사람 만나는 것을 좋아하는 남편이 명상을 시작한 후 생
활의 패턴이 달라졌고, 본인 또한 건강과 생활 등 모든 면에서 좋아졌다.

수련 전까지 너무나 현실적인 형이라 항상 땅만 보고 다녔으나 이제는 하늘
도 그리워하며 살고 있음.

열등의식을 가지고 있어서 누가 자존심을 건들기만 하면 사납게 대들었으
나 이제는 그냥 웃으면서 넘기는 여유를 배우고 있는 중.

요즘은 '작은 나'를 깨고 '큰 나'가 되어 보겠다고 매일 새벽마다 명상을 하
러 다니고 있다.

어머니의 밥상

딸의 결혼식

성탄선물

바보엄마

내 사랑 호호 할머니

한나절의 사랑

내 딸 천지수는요

아들이 알 수 없는 것

아빠의 꿈

엄마처럼 안 살 거야

요령부득 이 선생

아 직 사 랑 을
말할 시간이
남 아 있 다

지금보다 백배, 천배 어머니를 사랑한다 할지라도
단 한나절 나를 사랑한
어머니의 고마움에는 미치지 못할 것이다.

어머니의 밥상

된장찌개를 먹을 때면 아주 가끔씩 떠오르는 어머니에 대한 두 가지의 기억이 있다.

나에게는 두 분의 어머니가 계신다. 한 분은 돌아가신 나의 친모이시고, 또 한 분은 지금의 계모이시다. 두 분의 어머니를 사랑하게 되기까지 오랜 시간이 걸렸지만 지금은 두 분의 어머니를 사랑한다.

나는 두 어머니께서 차려주신 따뜻한 밥상 이야기를 하고 싶다.

첫 번째는 나의 친모이신 어머니의 밥상에 대한 이야기이다. 초등학교 6학년 때 돌아가신 어머니에 대한 기억은 몇 컷밖에 남아있지 않다.

그 시절의 기억을 풍경화로 표현하자면 온통 흑백으로 칠해진 우울한 그림처럼 어두운 그림으로 남아있다. 그 그림들 안에 빠지지 않고 등장하는 모습이 있다. 구석진 곳에서 울고 있는 한 아이 모습이다. 왜 그렇게 부부싸움을 많이 하셨는지 당시 나는 몰랐었다. 몇 컷 안 되는 기억 속에 많은 부분을 차지하는, 매 맞는 어머니와 그 옆에서 공포에 떨며 울고 있는 나의 모습…. 슬픔으로 가득 찬 어머니의 모습과 눈물. 이 모습이 내 가슴속에 남아있는 어머니에 대한 추억의 대부분이다.

　한동안 어머니의 모습이 보이지 않은 적이 있었다. 그전에도 그런 적이 종종 있었던 것 같았다. 어린 시절 어머니에 대한 기억이 별로 없는 것을 보면 그렇게 짐작할 수 있을 것 같다. 나중에 알게 된 사실이지만 어머니는 도박에 손을 대었다. 그리고 우리 집뿐만 아니라 외가댁에도 많은 도박 빚을 남겨서 그 빚을 갚느라 거동이 불편하신 외할머니와 할아버지는 환갑이 훨씬 지난 나이인데도 어부생활을 이어가셔야 했고, 부유했던 우리 집은 생계를 위한 화물차 한 대만을 남겨 둔 채 모든 재산을 정리해야 됐다.

　많은 사람들에게 상처를 남기고 3~4년의 수감 생활을 마치고 집으로 돌아오신 어머니는 잃어버린 신뢰를 회복하기 위해 많은 애를 쓰셨다. 교회를 다니기 시작하셨고, 집에서는 간혹 교인들이 아버지가 없는 시간에 찾아와 함께 찬송가를 부르며 새로운 삶을 시작하려는 주님의 자식에게 용기와 격려를 해 주었다. 하지만 그런 노력에도 불구하고 한 번 잃었던 신뢰는 회복하기가 어려웠다.

　운송업으로 가족의 생계를 이어야 했던 아버지는 집을 비우는 일이 많으셨고, 자신이 집에 없는 시간에 어머니가 무엇을 하며 다니는지 철없던 나에게 물으시고 주변 사람에게 물으시며 뒷조사를 하고 다니셨다. 그런 날이면 언제나 부부싸움이 있었다. 부부싸움이라고는 하지만 일방적으로 매 맞는 어머니의 모습만 머릿속에 또렷한 기억으로 남아있을 뿐이다.

어느 화창한 봄날이었다. 학교에서 수업을 마치고 돌아온 나에게 저녁으로 무엇을 먹고 싶은지 어머니는 물으셨다. 아직 저녁을 먹기에는 이른 시간이었지만 나는 옛날 기억을 더듬으며 어머니가 해 주신 음식에 대해 설명을 하기 시작했다.

"아주 기억이 오래되어서 모르겠는데 엄마가 해주던 건데 국물이 빨갰던 것 같고, 꼬랑내 같은 냄새가 났었지만 아주 맛있었어. 두부도 들어갔던 것 같은데 그게 제일 먹고 싶어."

그것이 된장찌개였다는 것을 나는 오랜 시간이 흐른 뒤에야 알게 되었다.

얼마 후 어머니는 맛있는 된장찌개와 반찬들이 맛깔스럽게 어우러진 푸짐한 저녁을 준비해 놓으시고 나를 불렀다. 그리고는 허겁지겁 밥을 먹는 내 모습을 물끄러미 쳐다보고 계셨다. 밥을 다 먹고 나자 조용히 눈물을 흘리시며 지켜보시던 어머니는 갑자기 나를 확 껴안으시더니 참았던 눈물을 터뜨리셨다. 영문도 모르고 품에 안긴 나는 어머니의 가슴이 따뜻하다는 것을 그때 처음으로 느꼈었다. 그렇게 한참을 우시고 나서 어머니는 만원을 건네주며 밖에 나가서 친구들과 맛있는 거 사먹고 놀다오라고 하셨다. 그것이 내가 본 어머니의 마지막 모습이다.

어머니는 자살을 하셨다. 내가 밖으로 나간 뒤, 바로 농약을 먹고 한 많은 인생을 스스로 마무리하셨다.

믿을 수가 없었다. 불과 한 시간 전만 해도 어머니의 심장소리를 내 귀로 똑똑히 들었었는데, 영안실에 싸늘히 누워있는 어머니의 모습은 믿겨지지가 않았다. 큰 충격이었다.

그 뒤로 나는 명상을 만나기 전까지 어머니에 대한 기억을 하지 않았다. 지금의 어머니가 새어머니라는 것을 알고 있는 친구 녀석들이 "어머니는 어떻게 돌아가셨냐?" 라고 가끔 물을 때마다 나는 "아파서 돌아가셨다."고 얼버무리고는 죽음에 대한 기억이 떠오르기 전에 얼른 화제를 다른 데로 돌려 그때의 기억을 닫아 버렸다.

이것이 내가 기억하고 있는 어머니에 대한 밥상의 추억이다. 가슴 아픈 순간이지만 나는 이때 느낀 어머니의 따뜻했던 가슴은 결코 잊을 수가 없다. 왜냐하면 어머니에 대한 유일하게 따뜻했던 기억이기 때문이다. 그래서 나는 모성이라는 단어가 떠오를 때면 이 순간의 기억이 난다.

하지만 아픈 기억도 함께 해야 하기에 따뜻한 슬픔으로 아마 오래도록 기억이 될 것 같다. 자식을 앞에 놓아두고 자살이라는 극단적인 방법을 선택할 수밖에 없었던 어머니의 심정을 느낄 때면 그 서러움이 북받쳐 올라와 한참을 운다. 명상에 입문하고 나서 '나는 누구인가?' 를 쓰며 어머니에 대한 이야기를 쓴 적이 있다. 오랫동안 잊고 있었던 이 밥상의 기억이 떠올라 몇 시간을 서럽게 울었다. 그 눈물은 어머니의 선택과 그리고 그 선택으로 인해 그 짐을 안고 살아가야 하는 자식의 서러운 삶이 함께 어우러진 두 모자의 눈물이기도 하였다.

어머니가 돌아가시고 몇 달이 지나고 나서 지금의 새어머니가 오셨다. 두 번째 어머니의 밥상에 대한 이야기를 하자면 잠깐 가족 이야기를 먼저 해야 될 것 같다.

나는 3형제 중 막내이고 아버지는 두 번의 결혼을 하셨다. 첫 번째 결혼하신 어머니와 지금의 형들인 아들 둘을 낳으시고 이혼을 하셨다. 왜 이혼을 했는지 잘은 모르지만 아마도 돌아가신 어머니와의 만남 때문에 그러지 않았을까 추측할 뿐이다.

당시 아버지는 화물차 10대를 보유한 운송업체 사장이었고, 어머니는 그 회사에 근무하던 경리였다. 외할머니의 말로는 당시 20살이었던 어머니는 영화배우 뺨치는 이국적인 외모의 아버지를 엄청 사모했었다고 했다. 당시 유부남이었던 아버지와 결혼을 하겠다고 때를 써서 부모님의 만류에도 불구하고 결혼을 하시고 그 후 내가 태어나게 된 것이다.

어머니가 돌아가시자 아버지는 그동안 어머니의 빈자리와 돌보지 못했던 가정, 그리고 남아있는 아들들을 위해서 이혼하신 어머니와 다시 재혼을 결정하셨다. 아니 설득당하셨다고 해야 될 것 같다.

어느 날이었다. 학교에서 돌아온 나는 문 앞에 놓인 수 켤레의 신발들과 아버지의 구두를 보았다. 아버지는 허전함을 달래보고자 친구들과 종종 재미삼아 고스톱을 치셨다. 나는 아버지 옆에서 담배 심부름을 거들며 용돈 버는 재미에 신나게 고스톱 판을 구경했던 기억이 있다. 때론 똥 광에 가위눌린 꿈을 꾸기도 하면서 말이다.

나는 예전처럼 아버지 친구들이 고스톱을 치러 왔는가 보다고 생각하며 무심코 방문을 열며 "학교 다녀왔습니다."고 인사를 했다. 그리고는 처음 보는 낯선 사람들의 이상한 시선들을 느낄 수 있었다. 그 시선은 근심과 걱정, 한숨이 섞인 애달픈 눈빛들이었다. 그중에는 지금의 새어

같은 밥상에서 나는 찬밥을 먹고 내 앞에는 김치만 놓여있다.
반면 형과 아버지 앞에는 따뜻한 밥과 반찬들이 풍성하다.
그 상황을 접하면 그냥 눈물이 먼저 나왔다.
참으려 해도 서러움이 밀려와 목이 메여 밥이 잘 넘어가지가 않는다.

머니도 있었다.

새어머니가 들어오고 나서 10년 정도의 생활은 지금의 나에게 많은 영향을 주었다. 시간이 흐르면서 새어머니에게 구박을 받기 시작했다. 특히 그 구박은 밥상 앞에서 더욱 심했다. 난 혼자서 밥 먹은 적이 많았다.

큰 형은 지방에 대학생이었고, 작은 형은 입시준비로 밤에야 볼 수 있었다. 아버지는 화물차 운전을 하시느라 집을 비우는 날이 많으셨다. 또 집에 있는 날에는 장시간 운전으로 인해 잠을 청해야 하셨기에 아버지를 볼 수 있는 시간도 드물었다. 집에 있는 날이면 행여나 아버지가 잠에서 깰까 봐 방문도 도둑놈처럼 소리 없이 열고 닫아야 했고, 발뒤꿈치는 항상 들고 다녔다. 조금이라도 발소리가 나면 새어머니가 당장 달려와서는 불호령을 내리셨다. 아직까지도 이때 베인 습관이 종종 나오기라도 할 때면 습관이라는 것이 참 무섭다는 생각이 들고는 한다.

어쩌다 온 가족이 한자리에 모여 밥을 먹을 때가 있다. 같은 밥상에서 나는 찬밥을 먹고 내 앞에는 김치만 놓여있다. 반면 형과 아버지 앞에는 따뜻한 밥과 반찬들이 풍성하다. 그 상황을 접하면 그냥 눈물이 먼저 나왔다. 참으려 해도 서러움이 밀려와 목이 메여 밥이 잘 넘어가지가 않는다. 그냥 고개만 푹 숙이고 닭똥 같은 눈물을 뚝뚝 떨어트리고는 밥만 몇 번 씹어 삼키고는 얼른 그 자리를 피했다. 이 같은 일들은 종종 되풀이 되었다.

이런 광경을 접하는 아버지와 형들은 어머니를 나무랐고, 그런 일들로 인해 나는 언제나 부부싸움의 화근이 되었다. 당시 나에게는 아무런 선택권이 없었다.

집에서 보내는 하루하루의 시간들이 생존을 위한 눈치의 연속이었고 구박을 덜 당하기 위해서 최대한 머리를 굴려야 했다. 숨 조이는 시간들의 연속이었기에 나는 신경쇠약이라는 정신질환을 얻었다. 또 제대로 된 영양분을 섭취하지 못해 황달과 간염 등의 질병들도 동시에 얻어 불행하고도 우울한 날들의 연속이었다. 힘겨운 중학교 시절을 마치고 고등학교에 올라가고 나서부터는 집에서 조금 자유로울 수 있었다.

나는 집 앞에 있는 인문계를 선택하지 않고 차를 타고 30분은 가야 되는 실업계 고등학교를 선택했다. 될 수 있으면 집에서 멀리 떨어지고 싶은 마음 때문이었다. 새로운 친구들을 사귀고부터 집에서 오는 스트레스를 밖에서 풀 수가 있었다. 고등학교 3년 중 반은 친구 녀석들의 집에서 보냈으며 녀석들은 나에게 큰 힘이 되어 주었다. 다양한 친구들을 만날 수 있었고 그들을 알아가면서 각자의 환경을 이해하게 되었다. 나는 나만 힘들고 어려운 줄로만 알았었는데 정도의 차이일 뿐 다들 비슷한 어려움을 안고 살아가고 있다는 것을 알게 되었다. 공교롭게도 많은 친구 녀석들이 아버지나 어머니 중 한 분이 안계시고 생활 형편도 넉넉지 못하게 살고 있다는 것이었다. 그런 환경을 접하고 그들의 고충을 바라보면서 새롭게 느낀 것이 있었다.

비록 친어머니는 아니지만 그래도 집에 가면 밥이라도 차려주는 어머니가 계시다는 것이 참 고마웠다. 그것이 김치 하나에 찬밥이라도 나는 그 수고로움에 처음으로 새어머니에게 감사하는 마음이 생겼다. 물론 그 마음이 계속 유지되지는 못했지만 생각을 다르게 하고 마음을 바꾸어 먹을 수 있는 계기가 되었다. 내가 새어머니에 대한 원망의 마음이 조금씩 바뀌면서 새어머니도 나를 대하는 태도가 조금씩 바뀌었다.

비록 학창시절 동안 냉전은 지속되었지만 친구들의 환경을 접하면서 나는 새어머니를 이해하며 받아들일 수 있는 마음의 문을 조금씩 열어놓기 시작했다.

그렇게 시간이 흐르고 군대에 가게 되었다. 6개월 만에 첫 휴가를 받고 집에 왔을 때 새어머니는 펄펄 끓는 된장찌개와 내가 좋아하는 총각김치와 오징어채 등 맛깔스런 반찬들을 장만해 놓으셨다. 나에게 고생했다고 환하게 웃으시며 따사로이 반겨주셨다. 정성스럽게 준비해주신 밥상 앞에서 새어머니에 대한 생각들을 하였다.

배 아파 낳은 두 아이를 놔두고 아내로, 어머니로서의 자리에서 물러나야 했을 때, 얼마나 가슴이 시리고 아팠을까….

자식과의 생이별이 얼마나 서럽고 슬픈 일인지 나는 그 기분을 잘 알고 있다. 그런 어머니를 이해하고 보니 안쓰러운 마음이 생겼다. 그리고 그렇게 아픈 기억을 가지신 새어머니가 자신의 자리를 빼앗은 원수 같은 여자의 자식을 지난 10년 동안이나 밥을 먹이고 키워준 것이다. '얼마나 미웠을까, 힘드셨을 텐데….'

입장 바꾸어 생각해봐도 참으로 힘들고 어려운 일을 하신 것이다.

나는 이런 새어머니가 너무나 고맙고 감사했다. 감사하는 마음이 마음속 깊은 곳에서 진심으로 우러나왔다. 그리고 지금 내 옆에서 자신의 자식들을 흉보면서 "자식 키워도 다 소용없다고, 내가 지들을 어떻게 키웠는데 나한테 이럴 수 있냐고." 하시면서 나에게 푸념을 털어 놓으시는 어머니의 모습이 한없이 사랑스럽기만 하다. 나는 어머니를 보며 이렇게 말씀 드린다.

"어머니, 형들이 싫으시고 불편하시면 제가 꼭 모실 테니까 걱정하지 마시고 마음 편히 계세요."

차려주신 밥상을 물리며 어머니 무릎을 베고 누워 이렇게 너스레를 떨어본다.

"밥이 참 맛있었어요. 고마워요, 어머니!"

대전에서 매일 새벽명상 후 차려주시던 따뜻한 밥상이 생각납니다. 그때 밥이 얼마나 맛있었는지 10kg가 금방 쪘던 기억. 그때 끓여주신 된장찌개의 깊은 맛을 이제야 알겠네요.

글을 읽고 나서 한참 동안 펑펑 울었습니다. 진심에서 우러나는 글은 언제나 가슴을 울리는 것 같습니다.

힘든 유년시절을 보냈음에도 지금의 모습이 너무 좋습니다. 많은 사람들에게 힘이 될 수 있는 글. 그런데 나도 라면 말고 밥상 한번 차려쥬~~

올라오는 글을 읽을 때마다 '내껀 아무것도 아니구나, 작은 가시 하나에 징징거리며 엄살을 부렸구나!' 합니다. 글을 읽으면서 조금 커집니다.

아픈 추억에도 불구하고 바르게 자라셨네요. 정말 훌륭하셔요. 비록 좁은 가슴이지만 자식이기도 하고 엄마이기도 한 저의 마음에 슬픔과 안타까움에 이어 흐뭇함이 전해집니다.

지은이 정래홍

1974년생, 명상지도사 | 1999년 명상입문

언젠가 기회가 되면 자살예방 사이트에 올리려고 했던 제 자신의 이야기입니다. 한 때는 너무 잊고 싶었던 과거였고 생각조차 하기 싫었던 성장기 시절이었습니다. 그래서 지난 기억들을 닫고 망각하면서 살아왔었는데 지금은 그 시절의 경험들이 큰 밑거름이 되어 지금의 내가 있게 되었다고 생각하니 고마울 따름입니다. 원망과 감사는 모두 하나의 테두리 안에 있었으며 그것을 알기까지 10년이라는 긴 세월의 수업료를 내었습니다. 하지만 결코 아깝지 않은 시간들이었고 두 어머니에게 감사할 따름입니다.

언제나 되돌아오는 밤이면 친구와 함께 세상살이에 대한 걱정과 불만으로 수다를 떨며 지내온 날들이 까마득한 옛일처럼 아련하기만 합니다. 삶의 방향점을 찾지 못해 방황하던 젊은 시절 우연히 명상을 접하게 되었습니다. 명상은 지금껏 수동적으로만 살아왔던 내 삶에 처음으로 적극적인 내 의사가 개입된 최초의 나의 것이었으며 유일한 안식처였습니다.

사랑하는 두 어머니의 진화와 건강을 기원 드립니다. 세상에 아픈 상처를 안고 살아가는 모든 사람들에게 조금이나마 힘이 되었으면 하는 마음입니다.

딸의 결혼식

'무늬만 경찰'의 김정완 님과 부부이신
유정은 님의 이야기입니다~ ^^

"엄마, 이분은 누구야?"

"응. 엄마의 이모, 그러니까 주영이에겐 이모할머니가 되겠네. 왜 한 두 번 뵈었잖아."

"아~ 김해 할머니! 부산할아버지는 지금보다 훨씬 젊으셨네. 히히. 근데, 엄마! 외할머니는 어디 계셔? 안보이시네?"

"음…."

엄마 아빠의 결혼 앨범을 들여다보는 아이는 신기한 듯 종알종알 갖가지 질문들을 쏟아낸다. 예쁜 새신부의 모습을 하고 있는 자신을 일견 뿌듯해하면서 이러쿵저러쿵 신나게 이야기를 하다가 갑자기 아이의 마지막 질문에 나는 멍하니 할 말을 잊었다. 하던 말을 멈추고 쓰린 가슴을 쓸어안으며 나는 7년 전 그때로 다시 돌아갔다.

"니 결혼식 못가, 아니 안 갈 거야. 스님이 무슨 딸 결혼식이냐. 됐다…. 절에서 결혼식 무사히 잘 끝나도록 염불이나 실컷 하련다. 결혼식

때 사고 많이 난다더라. 걱정 마. 엄마가 우리 정은이 잘 살라고 부처님께 기도도 많이 드렸어. 어린 것이 그동안 고생 많았지. 좋은 신랑 만났으니 이제 호강하면서 잘 살아야지. 그래, 둘 다 가진 것은 없어도 공무원이니 찬찬히 아껴서 잘 살면 그럭저럭 괜찮을 거야. 암 그렇고말고. 그나저나 엄마가 해줄게 없어서 낯이 안 선다. 그 놈의 돈! 어째 그리 나한테는 안 붙어 있는지 모르것다. 으이구!"

새하얀 걸레로 불전을 정성스럽게 닦으시며 엄마의 넋두리는 끝이 없었다.

"걱정 마, 엄마. 내가 다 알아서 할게. 그리고 나 잘 살 테니 염려 마. 결혼식도 다 잘 될 거야. 주무세요. 저 가요…."

매번 이런 대화를 마치고 자취집으로 향할 때마다 나는 별을 보며 울었다. 나의 가난이 싫었고 일찍 가족을 떠난 아빠가 그리웠고 평범하지 않은 엄마, 그래서 딸의 결혼식에조차도 올 수 없는 엄마, 떠맡아야 하는 어린 동생, 삶의 무게가 너무 무거워 현기증을 느꼈다. 모든 것을 혼자 끌어안고 내 가슴은 점점 피멍이 들어갔다. 그래서 난 떠나고 싶었다. 도망치고 싶었다.

훌훌 털어버리고 나만 혼자 쏙 빠져나와 근사한 경찰 신랑이랑 보란 듯이 행복하게 '딴딴딴~' 잘 살고 싶었다. 그 한 가지 생각으로 똘똘 뭉친 나는 혼신의 힘으로 결혼식을 준비했다. 이모, 외삼촌들, 큰아버지를 비롯한 친가에 결혼을 알리고 도움을 요청했다. 고생바가지로 살던 나 유정은이 시집을 가니 이번에 확실하게 기부하시는 분에게는 그동안 우

난 떠나고 싶었다. 도망치고 싶었다.
홀홀 털어버리고 나만 혼자 쏙 빠져나와 근사한 경찰 신랑
이랑 보란 듯이 행복하게 '딴딴딴~' 잘 살고 싶었다.

리 세 가족을 무시하며 살아온 세월에 대하여 면죄부를 주겠노라고. 그러니 동참하시라고 은근히 협박 아닌 협박을 하였다.

이모와 외삼촌들은 엄마를 대신하여 가구와 전자제품들을 책임져주셨고 친가에서는 몇 백 만원의 돈을 마련해주셨다.

'아, 드디어 가긴 가는구나!'

그러던 어느 날, 시어머니로부터 연락이 왔다. 결혼식 날 이모와 이모부가 부모 좌석에 앉을 거면 굳이 사람들에게 그 사실을 밝히지 말고 친부모인 것처럼 연기를 제대로 하자는 거였다. 시어머니의 심정이 충분히 이해되었다. 나도 원하는 바였다. 30분이면 끝날 결혼식. 남들에게 구태여 불쌍하게, 가련하게 보이고 싶지 않았다. 정말 그랬다.

결혼식 전날, 엄마에게 전화를 했다.

"엄마, 괜찮아? 내일이네. 무지 떨린다. 결혼식 마치고 저녁 비행기 타고 서울로 가요. 신혼여행은 그 다음날이니까 서울 도착하면 바로 달려갈게. 참, 준우한테 비디오 녹화하라고 확실히 얘기해 두었으니까 걱정 마세요. 생생하게 찍어서 보여드릴게. 엄마! 딸 시집가니까 좋지? 나 잘 살 거야. 걱정 마. 얼른 주무세요. 끊어요."

딸은 엄마에게 그래도 결혼식장에 오지 않겠느냐고 말 한마디 건네지 않는다. 엄마가 꼭 있었으면 좋겠다고. 가발을 쓰지 않아도 그 모습 그대로 너무 예쁘고 자랑스럽다고…. 빈 말 한마디 남기지 않는다.

결혼식 당일, 시작부터 끝까지 나의 가슴은 쉼 없이 울렁거렸고 긴장되어 있었다. 슬플 겨를이 없었다. 누가 알까 두려워 결혼식이 어서 끝나기만을 기도했다.

쫓기는 마음으로 치룬 나의 결혼식. 모든 일정을 마치고 서울행 비행기에 탑승한 나는 텅 빈 마음, 씁쓸한 마음을 어떻게 달래야 할지 알 수가 없었다. 결혼식은 완벽하게 잘 끝났지만 내 마음은 왜 이렇게 아프기만 한지…. 하염없이 흐르는 눈물로 검은빛 하늘을 보니 오로지 엄마의 얼굴만이 떠올랐다.

신혼집에 도착한 나는 짐만 내려놓고 무조건 뛰었다. 엄마에게로. 너무나도 오랜만에 엄마 손을 잡고 우리는 오랫동안 아주 오랫동안 눈물 콧물이 범벅이 되어 엉엉 울었다.

'미안하다. 고맙다. 사랑한다…' 고 되뇌면서 말이다.

나보다 더 슬프고 외로웠을 엄마는 초대받지 못한 그날, 하나뿐인 딸의 결혼식 날 얼마나 가슴 아프셨을까…. 지금도 나의 후회는 끝나지 않았다.

태어남의 기쁨을 주시고 진한 경험과 수확을 주시고, 사랑과 따뜻함을 알게 해주신 어머니께 이 자리를 빌어 가슴 깊이 고마움을 전하고 싶다.

아~ 아침부터 눈물바람입니다. 옆에서 뵈면 항상 밝고, 열심히 사시는 모습이 참 좋아 보였습니다. 그래도 어머니가 계시잖아요. 계시는 것만으로도 너무 부러워요. 앞으로 더 힘내시구요. 파이팅입니다.

가슴이 찡 아려옵니다. 어려운 얘기도 한번 꺼내놓고 보면 별거 아니게 되고 그러면서 비워가는 것 같아요. 함께 나눌 수 있어 참 좋습니다.

힘든 나날들이었지만 사실은 보이지 않는 존재가 정은 언니님을 많이 사랑하셨다는 것을 느낄 수 있어요. 감성도 풍부하고, 여리고 또 착한 정은 언니님. 헤헤헤 사랑해요. 헤헤헤헤. 부끄럽다 아이가.

포근함은 고통을 통과한 후라야 생기는 것이었을까요? 신랑이 누구야? 신부 참 잘해줘야겠네요!^^

지금은 어느 누구보다도 잘 살고 계시는 유 여사님, 만세!

136

지은이 유정은

1975년생, 초등학교 교사 | 2005년 명상입문

서울 변두리 가난한 동네에서 출생하였습니다.

외국인 근로자로 일하시던 아빠와는 많은 시간을 함께 할 수 없었습니다. 초등학교 2학년 때 교통사고로 갑작스럽게 돌아가셨고 생후 백일 된 남동생과 엄마 이렇게 식구 셋이 남게 되었습니다. 성격은 항상 밝고 명랑하였고 공부도 곧잘 하였었는데 사춘기 무렵부터 가족에 대하여 남들에게 말하기를 꺼렸습니다.

고등학교 때 엄마가 무병을 앓으시고 곧이어 스님이 되셨습니다. 집에 모셔진 불상, 목탁소리, 향냄새가 처음에는 너무 싫었지만 그 후 엄마와의 대화를 통해 불교를 자연스럽게 받아들이게 되었습니다. 사후세계, 윤회, 신, 업 등 엄마는 저에게 또 다른 세계가 있음을 알게 해주신 첫 번째 분이셨습니다. 항상 남들에게 나누고 베푸는 삶에 대하여 모범을 보여주신 고마운 분이십니다. 제가 많이 사랑하는 분입니다.

살아오면서 느낀 것은 엄마에게 제가 갚아야 할 부채가 많다는 사실이었습니다. 결혼으로 끝날 줄 알았지만 그 후에도 지속적으로 물심양면으로 엄마와의 불편한 관계가 계속되었습니다. 작년 11월 충주로 이사 가신 엄마는 더 나은 환경에서 불도 닦기에 여념이 없으십니다. 이제는 앙금 없이 서로의 행복과 진화를 기원해 줄 줄 아는 모녀지간이 되었습니다.^^ 명상을 하면서 마음이 많이 닦여진 때문이겠지요?

결혼 후 남편을 통해 명상을 알게 되었고 2005년 명상을 시작하게 되었습니다. 지금은 명상을 하며 틈틈이 글 쓰는 일이 가장 큰 즐거움이 되었습니다. 명상을 만나 인생의 황금기를 맞고 있습니다. 열심히 노력하겠습니다.

성탄선물

'고맙다고 말하는 것 잊지 않기!'

수첩 한 귀퉁이에 적힌 글귀를 중얼거리며 읽어본다. 이런 기본적인 것을 적어두고 기억해야 하는 모자란 인간이 나란 사람이다.

이런 내게 떠오르는 사건이 하나 있다. 여덟 살이 되던 해 성탄 전야.

아빠는 전에 없이 성탄선물에 예쁜 케이크까지 준비해 가족 모두 모여 성탄 전야 예배를 드리자고 하셨다. 그 날 밤에는 예쁘장한 여자 손님이 초대되었다. 지금의 새어머니이시다. 참 고맙지 않은 일이었다.

어색함을 달래느라 성탄선물로 받은 어린이 기도집을 이리저리 뒤적이다 보니 어느 페이지엔가 이런 글귀가 적혀있다.

'항상 기뻐하라! 쉬지 말고 기도하라! 범사에 감사하라!'

그때 난 그 구절을 읽자마자 너무도 이상하다는 생각을 한다. 어린 나이에도 참 이해가 가질 않아 같은 구절을 읽고 또 읽었다. 쉬지 말고 기도하라는 말까지는 뭐 그럴 수 있다 치자. 하지만 나머지 두 구절이 도저히 이해가 가질 않는다. 항상 기뻐하라니…. 무슨 기쁜 일이 있어야

기뻐하는 거지! 범사에 감사하란 말은 더더욱 이상하다. 아무렇지 않은 일에 어떻게 감사하라는 것인지??? 더욱이 반갑지도 않은 손님과 함께 해야 하는 오늘 같은 밤에 말이다.

너무 이상해서 그 페이지를 넘기지도 못하고 뚫어져라 보고 있었더니, 속도 모르시는 아빠는 내가 그 구절이 좋아서 그런 줄 아셨던 모양이다. 우리 딸이 좋은 성경구절을 찾아냈으니 함께 봉독하는 게 좋겠다며 그 말씀을 소리 내어 읽으신다. 그리곤 다함께 눈을 감고 우리 모두 범사에 감사드리는 가족이 되기를 두 손 모아 기도드렸다.

내가 여덟 살이 되도록 언니와 내 곁엔 늘 엄마 대신 할머니가 계셨는데, 어린 내 기억속의 아빠는 늘 술을 먹고 늦게 들어와 주무시다가 토하시곤 했다. 그땐 너무 어려서, 세상의 모든 아빠는 원래 그렇게 늘 술을 먹고 토하는 사람인 줄 알았는데, 지금 생각해 보니 어린 두 딸과 함께 아내에게 버림받은 상처를 술로 달래며 홀로 아파하시던 모습이었다. 아장아장 걷기 시작하면서부터 술을 마시고 토하는 아빠를 위해 세수 대야를 가져다 드리곤 했는데 그럴 때마다 아빠는 내게 "고맙다."고 하셨다.

고작 그것이 내가 어린 시절 익숙하게 들은 '고맙다'는 말의 전부였다. 암튼 그 이상한 성경 구절은 사는 동안 내내 나의 뇌리를 떠나지 않았다. 새엄마와 아빠 사이에서 갈등할 때도, 나를 낳기만 하고 버린 친엄마를 원망하면서 또 한 편 그리워할 때도….

고마움은, 능동적으로 선택할 수 있는
여러 가지 삶의 태도 중 하나이며,
스스로의 삶을 보다 따스한 시선으로 바라보는
비결이 아닐까 싶다.

'애증'이라는 감정은 내가 그 어려운 어휘를 습득하기 훨씬 전부터 이미 내 가슴속에 공기처럼 익숙하게 스며 있었다. 그 후로 갈등할 때마다, 그럴 때마다 난 이렇게 기도했다.

'이런 갈등 속에서 도대체 어떻게 범사에 감사하란 말인가요? 알려주세요!'

극도의 갈등이 계속될 때마다 난 언제나 발전이든 퇴보든 양단간에 결단을 내야했다. 그리고 그 자리에 주저앉고 싶을 때마다 난 스스로 강해지는 길을 택했다. 가슴속에 날카롭게 날을 세운 칼을 품고 극도의 갈등 속에서도 꿋꿋이 앞으로 나아갔다. 스스로 품은 칼날에 베이고 아팠지만 그래도 그 칼날은 나를 무너지지 않게 하는 굳은 버팀목이 되어 주었다.

그러다 보니 어느새 나는 누구도 못 말리는 강한 성격의 소유자가 되어 있었다. 겉으론 온순한 듯 보여도 결정적인 순간 세치 혀 밑에 숨겨 둔 날카로운 칼날을 꺼내 있는 힘껏 휘두르면, 세상없는 천하장사도 나를 이기지 못했다. 나는 직선적이고 지나치게 논리적인 말로써 빠져나갈 구멍이 없도록 궁지로 몰아넣는 아주 잔인한 구석이 있었다. 이 칼날에 가장 많이 베이고 다친 사람은 당연히 가족들이다.

자라는 동안 알게 모르게 내게 상처를 주었던 부모님께 난 가슴에 비수가 되는 몇 마디 말로 그동안 받은 상처를 단칼에 다 돌려 드리고도 남을 만큼 큰 죄를 지었다. 이런 나를 좋아해주고 사랑해 준 한 남자에게도.

그를 사랑했고 결혼을 했으나 그 또한 나의 칼날에 베여 많이 아팠으리라. 남편이 이런 나를 견디지 못하고 튕겨져 나갈 무렵, 고맙게도 명상을 만났다.

이혼을 하고 명상을 시작할 무렵 객관적으로 난 너무도 외로웠다. 내 곁엔 부모도, 남편도…. 그 누구도 남아있지 않았었다. 감사라고는 흔적조차도 찾을 수 없을 만큼 갈등 속에 점철되어 온 내 삶이건만, 가슴 깊이 품은 칼날이 스스로도 아파 날마다 미친 듯이 수련하고 또 수련했다. 그러지 않고는 견딜 수 없는 아픔이라니….

고통은 마치 나를 한없이 나아가도록 곁에서 끝없이 채근하는 수석 코치마냥 내 곁을 맴돌았다. 덕분에 나는 스스로 어쩌지 못하는 내 허물들을 아주 자세히 현미경 배율로 확대하여 대형 스크린에 공공연히 비춰보는 영광을 누리게 되었다.

난 밑바닥의 편안함을 제대로 알게 되었고, 실로 그 공부는 내게 말할 수 없는 편안함과 자유를 선물로 되돌려주었다. 생각해 보면 이보다 더 고마운 일은 두 번 다시 없을 것 같다.

이제야 깨닫게 된 한 가지 사실은, 고마움은 삶 속에서 뜻하지 않게 주어지는 선물에 대한 '결과'로서 일으켜지는 감정이 아니라는 것이다. 고마움은, 우리가 능동적으로 선택할 수 있는 여러 가지 삶의 태도 중 하나이며, 스스로의 삶을 보다 따스한 시선으로 바라보는 비결이 아닐까 싶다.

여덟 살, 순수했던 어린 소녀가 장차 그렇게 무서운 비수를 가슴에 품고 살아가게 되리란 사실이 예견되어 있었는지도 몰랐다. 성탄 전야에 찾아 온 그 이상한 성경 구절은 말하자면 소녀가 자신의 칼날에 다칠세라 염려하신 하늘이 미리 알고 예비해 두셨던 치유의 선물이 되었듯이.

그 사실을 깊이 깨닫고 나서야 난 비로소 '범사에 감사하라'는 오래된 성서의 가르침에 순순히 '예' 하게 되었다. 여덟 살 성탄 전야에 드린 아버지의 간절한 기도가 이제야 이루어 진 모양이다.

하늘은 늘 세상을 아름답고 섬세하게 연주하시는 음악가처럼 내 영혼을 어루만지신다. 그 섬세한 손길에 온전히 나를 맡길 수만 있다면 왠지 오늘은 지금 당장이라도, 온 우주를 통해 울려 퍼지는 조화로운 천상의 선율을 운 좋게 들을 수도 있을 것 같다는 생각에, 어둡고 둔한 나의 귀를 비비고 크게 키워 조심스레 귀 기울여 본다.

지은이 박혜원

1972년생, 의사 | 2004년 명상입문

평탄치 않은 어린 시절을 보내며 나를 지킬 수 있는 것은 세상에 오직 나 자신뿐임을 일찌감치 알아차려 남다른 자립심을 키울 수 있었습니다.

덕분에 생활력 있는 성인으로 성장하고자 학창시절 많은 노력을 기울여 의과대학에 진학하였습니다. 힘들고 어려운 고비들을 잘 견디고 극복해 고학으로 의대를 마쳐 비로소 뚜렷한 나의 직업을 갖게 되었고, 그로 인하여 경제적, 육체적, 사회적으로 자립할 수 있게 되었습니다. 그 모든 자립은 내게 많은 자유를 줍니다. 특히 마음껏 수련할 수 있는 자유를….

의대생 시절 힘들게 고학으로 학업을 이어가며 곁에서 힘이 되어 준 한 남자를 만났고, 3년여의 결혼생활을 통해 사람 사이에 오고가는 '정'이란 것이 무엇인지 깊이 느껴 보았습니다. 지금은 비록 인연이 다해 각자의 길을 가고 있지만, 함께 해 준 그 시간에 대해 감사드립니다.

이혼의 아픔을 겪으며 삶에 대해 다시 한 번 깊이 돌아보는 계기를 맞았고, 마침내 명상을 만났습니다. 호흡을 통한 명상을 통해 사람사이의 사랑을 넘어 깊고 넓은 '우주의 사랑'이 있음을 알았습니다. 그 사랑은 인간을 자유롭게 해 주려는 사랑이며 진화로 이끄는 사랑임을….

이제는 그 사랑이 이끄는 맑고, 밝고, 따뜻한 우주의 파장을 널리 알리고 싶습니다. 예전에 저같이 삶이 힘겨운 사람들에게 그 사랑을 전하고 있습니다.

144

바보엄마

"엄마는 언니만 좋아하고, 오빠만 좋아하고, 내 말은 듣지도 않고!!!"

막내딸의 100데시벨이 넘는 짜랑짜랑한 목소리가 온 집안을 휘감고, 나의 목을 휘감고, 나의 귀를 때리기 시작했습니다. 이제 시작하면 족히 그렇게 두 세 시간 걸리는 똑같은 이야기의 '소리 지르기' 가 또 시작되었습니다. '아, 오늘도 그냥 안 넘어가는구나!'

점점 귀가 아파지기 시작했고, 드디어 귀에서 혈관이 튀는 소리가 들리기 시작했습니다. 저는 혈관이 튀는 부분을 누르고, 나의 딸은 그 모습을 보고는 더욱 더 소리를 지르기 시작합니다.

"또 내 말 안 듣고, 귀 틀어막는 거 봐!!!"

옆에 바짝 다가와서 더 크게 말합니다. 아이 덕분에 가는귀가 먹었습니다. 좀 작은 소리는 잘 안 들립니다. 조용히 말하라고 한마디 하자 대꾸가 세배로 돌아옵니다. 한마디 했다가는 더 길어 질 테니 대꾸를 하지 않습니다. 그러자 대답을 않는다며 또 시비를 겁니다.

저는 '참자, 참자' 참습니다. 아이는 더 바짝 다가오며 악에 받쳐 소리를 지릅니다. 참다 참다가 한마디 했습니다. 대답이 거세게 돌아옵니다. 또 대답했더니 더욱 거세게 돌아옵니다.

'그래, 오늘은 그냥 뭐라고 하는지 끝까지 들어보자!' 하고 귀가 아프든 말든 가만히 앉아서 마주하고 들어봅니다. 내가 말하는 것은 모두가 못 마땅한가 봅니다. 참고 더 듣자. 한 시간, 두 시간…. 이제 목소리가 조금 작아졌습니다. 나는 그냥 듣고 있습니다. 듣기 싫지만 듣고 있습니다. '이 아이는 지금 나한테 무엇을 말하고 싶은 것인가…' 하고 생각해 봅니다. 그동안 하도 소리 질러대어 듣기 싫었던 그 말들을 또 말하고 있습니다.

"엄마는! 엄마는! 엄마는!!!"

"엄마는!" 이 말이 가장 많이 들립니다. '내가 뭘 잘못했나보다' 목소리가 조금 조용해지는 것을 보니 힘이 드는 가 봅니다. '아! 내 딸은 나한테 자기 이야기를 들어달라는 거구나.'

갑자기 말할 수 없이 아이가 측은해지기 시작했습니다. 그리고 아이는 내게 사랑을 갈구하는 것 같다는 생각이 퍼뜩 들었습니다. 아이가 말하는 것을 참고 들으며, 물끄러미 바라보니 다른 때와 달리 느껴지는 것이 있었습니다.

어쩌면 아이가 못된 것이 아니라, 내가 못된 사람일 것이란 생각이 들었습니다.

소리를 지르는 것은 내가 아이의 말을 잘 듣지 않아서 그런 것은 아닐까? 별 생각 없이 말을 하여 아이로 하여금 기대감에 부풀게 하고 약속

"엄마는! 엄마는! 엄마는!!!"
"엄마는!"이 말이 가장 많이 들립니다.
'아! 나한테 자기 이야기를 들어달라는 거구나'
갑자기 말할 수 없이 아이가 속은해지기 시작했습니다.

을 지키기 못한 것은 아닐까? 아이가 배려심이 부족한 것이 아니고, 내가 배려심이 부족한 것은 아닌가? 다른 사람들의 이야기를 무심코 한 것이 비교한다고 생각하게 만든 것은 아닐까? 이런 생각들이 들자 순간, 갑자기 내 입에서 말이 튀어나오기 시작했습니다.

"감사합니다. 감사합니다. 감사합니다."

그러면서 눈물이 흘러내렸습니다. 아이는 '이 엄마가 또 우는가보다' 하는 표정이었습니다. 아이를 때리느니 차라리 견디기 어려워지면 가끔은 울고 맙니다. '이 아이가 나의 잘못된 점을 알게 하도록 나를 일깨우는 구나' 하는 것이 온몸으로 전해지면서 아이를 끌어안았습니다.

항상 그리 소리를 지르면 싸아~ 하니 냉담해지는 나의 태도에 익숙한 아이는 살짝 당황해합니다.

"미안해. 미안해. 엄마가 미안해."하고 끌어안았습니다. 아이도 가만히 눈물을 흘렸습니다. 목소리가 많이 잦아듭니다. 이런 것이었구나…. 엄마로서 나의 자존심만 세우고, 막내의 말은 소홀하게 생각한 것입니다.

아직도 매일의 전쟁은 심심찮게 벌어집니다. 당장 고쳐지지 않는 나의 단점들을 보며 한심하지만, 반드시 고치리라 다짐해봅니다. 내 딸이 아니면 어느 누구도 나에게 아픈 말들을 고래고래 소리 지르며 알려주지 않을 것이기 때문입니다. 막내가 소리를 지르면 죽고 싶은 마음이 들 만큼, 힘겹고 어렵지만, 그래도 감사를 드립니다. 나에게 마음 공부하라고 소리 지르는 막내의 외침이 잠잠해질 때면 나는 좀 괜찮은 사람이 되어 있을 거란 생각을 하며 오늘도 한바탕 전쟁이 휩쓸고 지나갑니다. 자식을 통해 조금씩 내 모습을 알아가면서, 아이의 행동이 나를 보며 배운 것이란 사실을 받아들이기가 힘겨웠습니다. 올해는 몸과 마음의 여유를 갖고 막내와 나의 쌓인 문제를 해결해 보고자 직장을 휴직하였습니다. 적극적으로 아이의 말에 귀를 기울여서 아이에게 사랑을 퍼부어주는 시간을 만듭니다.

이 많이 덜 된 엄마를 마음 공부시키느라 힘겨운 막내에게 감사를 보내며, 맑고 밝고 따뜻함을 이 엄마에게서 느낄 수 있도록 열심히 수련하겠습니다. 또한 딸로 하여금 나를 바로 보게 하고 제 자신을 다듬어주는 보이지 않는 따스한 손길에 무한한 감사의 마음을 드립니다 .

저도 고등학교 2학년 때 부모님께 그랬던 적이 있었습니다. 제가 생각하기에는 엄마의 마음을 편지로 써서 책상 위나 책속에 또는 도시락에 가장 안정적이고 기분이 좋을 혼자만의 시간에 읽어 볼 수 있는 곳에 놓아두는 것이 좋은 방법이 아닐까 생각합니다. 부모님의 지혜를 떠올려 보며 고마움을 느낍니다.

따뜻함이 전해지는 엄마의 숨은 노력은 좋은 결실을 거두어들일 것이라 믿습니다.

그렇게 슬픈 내용은 아닌 것 같은데 읽는 내내 눈물이 나오는 것은 어찌된 노릇인지요. 제 첫째 딸은 초등학교 3학년인데 목소리가 유난히 크고 쨍쨍합니다. 치대기도 잘하고 짜증도 잘 내고 심통도 유별납니다. 저는 아무렇지도 않지만, 집사람은 견뎌내지 못하고 같이 짜증을 냅니다. 곁에서 보다 못한 제가 정리해 주는 경우가 많습니다. 그래도 제 딸은 아빠를 등한시하고 엄마만 찾습니다. 아마 그 따님도 똑같이 엄마만 찾을 것 같네요.

휴직기간 동안 아이와 좋은 관계 회복되길 바랍니다. 이 세상 어떤 약도 사랑만큼 좋은 약은 없는 것 같아요. 저도 아이 넷에 시부모님과의 많은 경험을 통해 알았습니다. 사랑과 희생은 얼마나 위대한가! 잘 하실 것이라 믿습니다.

지은이 조정신

1958년생, 중학교 미술교사 | 2008년 명상입문

어릴 때 삼촌이 불러주던 제가 너무 싫어했던 별명은 '마빡이' 였습니다. 머리숱이 솜털 같다고 붙인 별명입니다. 그래서인지 살짝 열등감에 시달리며 어린 시절을 보냈습니다. 말이 없고 수줍던 어린 시절이 지나고, 제게도 호시절이 다가왔습니다. 직장에 다니며 결혼하고 아들과 딸 둘을 낳고 밝고 자신감에 넘치며 생활해 갔습니다. 아이들은 착하게 자라주어 '자녀는 이러저러하게 키우는 거야' 하면서 별명이 '해결사' 일 정도로 엄마들한테 아는 척도 많이 했습니다. 저한테 복병이 자라고 있는 줄도 모르고 말이죠. ㅠ_ㅠ
사춘기 아이를 둔 부모들이 겪는 것처럼 아이가 자라는 만큼 저는 눈물을 흘려야 했습니다. 자기 앞가림을 말끔히 하고 자립심이 강하며 엄마를 사랑하고 아껴주던 아이의 변화는 충격이었습니다. 아이와 상담을 다녔지만 별로 나아지지 않았는데 그 이유는 아이가 바뀌기만을 바라며, 나를 바꾸는 게 더 쉽다는 생각에는 미치지 못했기 때문입니다. 죽고 싶을 만큼 몸이 힘겹고 마음의 갈등이 심할 때 명상을 하게 되었습니다. 그것은 온갖 시름을 다 내려놓고, 아주 편안해지며 포근함이 나를 감싸는 느낌이었습니다. 호흡을 하고 조금씩 마음을 들여다보는 연습을 하면서 받아들이기 어려웠지만, 내 아이가 문제 있는 것이 아니라 내 탓이 크다는 것을 조금씩 알아갔습니다. 돌이켜보면 제대로 잘한 것이 하나도 없다는 생각에 가끔은 우울해지곤 하지만, 이 어려운 시기를 슬기롭게 넘기면 밝고 환한 날이 올 것이라는 희망을 꿈꾸며 아이에게 마음을 열어가고 있습니다. 가장 어려운 시기에 명상으로 이끌어주고, 어려움이 있을 때마다 아내를 따뜻하게 이해해 준 남편에게 고마운 마음입니다.

내 사랑 호호 할머니

달님은 정월 대보름을 막 넘긴 것이 아쉬운 듯 아직은 동그랗게 내려다보고 있습니다.

혼자 수선을 피우며 해 먹는 것이 귀찮기도 해서 민숭민숭한 보름을 지내고 보니 해마다 어김없이 갖은 산나물과 찰진 오곡밥을 지어 주시던 할머니의 사랑이 그립습니다. 조미료를 넣지 않고 담백하게 조물조물 무쳐 주신 산나물 반찬과 기름기 좌르르 흐르는 구수한 오곡밥. 피부병 없이 무탈하려면 비린 생선을 먹으라시며 노릇하게 구워 주신 청어구이. 호두랑 밤으로 부럼을 깨게 하셨고, 귀밝이술로 직접 담은 포도주를 아이 어른 할 것 없이 조금씩 마시게 하셨습니다.

손이 많이 가는 먹거리를 미리 다듬고 손질해 두셨다가 특별한 날이 되면 정성껏 만들어 주셨지요. 막상 엄마의 자리가 되어 아이들의 점심과 저녁식사 모두 학교에서 급식으로 해결하니 한편으로 편하기도 하지만 슬며시 미안한 마음도 듭니다.^^;

그때는 철도 없이 할머니가 해 주신 것은 촌스럽다고 타박 했었는

그때는 철도 없이 할머니가 해 주신 것은
촌스럽다고 타박 했었는데….
할머니의 손맛이 그립고 감사합니다.

데…. 이젠 할머니의 손맛이 그립고 감사합니다.

자그마한 체구와 조용하면서 자분자분 재미있는 이야기를 끝도 없이 해주시던 할머니. 유난히도 하얗게 세어진 머리카락 때문에 '하얀 할머니 집'으로 불리기도 해서 초행길 친척들이 우리 집을 쉬 찾아올 수 있었지요. 한글을 깨치지 못하고 시집 오셔서 시조부님으로부터 글을 배우셨다는 할머니는 틈틈이 무슨 경전 같은 것을 열심히 읽곤 하셨습니다.

이른 새벽 한결같이 정갈하게 단장하시고 하늘을 향해 정성으로 기도를 올리시던 모습이 눈에 선합니다. 그때는 원래 할머니들은 자식 잘 되라고 다들 그러시나 보다 했었지요. 배앓이를 할 때면 어김없이 약손이 되어 배를 슥슥 문질러 주시면 정말 감쪽같이 다 나았습니다. 누구나의 할머니처럼 그렇게 손녀에게 사랑을 녹여 주시던 할머니. 그런데 그런 할머니에게 대못을 박는 짓을 하고야 말았네요….

비가 추적추적 내리던 그 해 칠월 칠석 무렵. 병석에 오래 누워 계시던 어머니가 돌아가시고 어머니를 묻고 집으로 돌아오니 그 사이 할머니는 우리의 추억이 담긴 가족사진들을 모두 태워 버리셨습니다.

어머니의 긴 투병기간 동안 나름대로 '착한아이 강박증'에 힘들었던 감정이 서운함을 빌미로 폭발하듯이 할머니에게로 풀려 나갔습니다. 그렇게 엄마가 죽기를 기다렸냐고. 뜻밖의 나의 행동에 죄인처럼 절규를 듣고 계시던 할머니….

할머니는 할머니대로 "내가 먼저 죽어야지 젊은 것이…." 하는 죄 아닌 죄책감으로 힘들어 하셨는데 철도 없이 내 감정만 표현하고야 말았습니다. 사람이 죽고 사는 것이 사람 마음대로가 아님을 알면서도….

할머니는 그 후로 며칠을 앓으셨고 신념과도 같이 하늘을 향해 올리시던 간절한 기도마저도 며칠 동안 쉬셨습니다. 그 날 이후로도 삭아 버린 사춘기를 보내면서 늘상 마음씨 고운 할머니께 성질을 풀었습니다. 그렇게, 그렇게 할머니의 가슴에 박은 대못이 부메랑이 되어서 나의 가슴에 되돌아와 박혔나 봅니다. 이제야 부끄러움을 넘어서 가슴이 절절해집니다. 기억 속에 머문 할머니의 모습을 차분하게 떠올리며 그려봅니다.

새하얀 머리카락

뽀얀 얼굴

총명한 눈빛

누구에게나 귀엽게 웃으시던 모습

내 사랑 호호 할머니

언제나 저에게 관대하셨듯이 지난날을 용서해 주세요. 그리고 지상에서 인연이 되어 베풀어 주신 사랑에 감사드립니다. 모든 것을 놓고 가벼이, 가벼이 높이 오르시기를 간절히 기원 드립니다.

행복과 슬픔이 교차하는 이야기입니다. 뵙지는 못했지만 왠지 할머니랑 수연님이랑 닮았을 것 같다는 생각이 드네요. 묻어둔 가슴 속 이야기, 조곤조곤 잘 풀어주셨네요.

앗! 저도 그렇답니다. 전 엄마가 항상 바쁜 관계(직장일)로 제대로 꼬옥 안겨본 기억이 없답니다. 지금은 너무 쑥스러워서 못하고요. 우리 스킨십이 그리운 사람끼리 꼬옥 안아보아요.

할머니 안계시면 저 죽어요! 할 만큼 저도 할머니가 애틋합니다.

할매요. 지금쯤 할머님이 그 마음 다 아실 듯합니다.

기습 뽀뽀를 '쪽' 하고는 모르는 척 슬그머니 다른 데로 고개를 돌리시던 할머니께서 저를 안아주고 이뻐해 주시던 기억이 떠오릅니다. 누군가가 저를 지극히 사랑해주는 느낌이 들 때면 저는 할머니의 사랑이 그와 가장 비슷하다고 느껴집니다.

지은이 김수연

1963년생, 텍스타일 디자이너 | 2006년 명상입문

어린 시절 어머니가 많이 아프셔서 제대로 꼬옥 안겨본 기억이 없습니다. 그래서 아직도 스킨십이 무척 그리운 철이 없는 아줌마입니다. 어머니의 자리를 채워 주셨던 할머니에게 감사드립니다.

살아오면서 늘 열등의식에 시달려 왔습니다. 스스로에게 자신이 없어서 사는 것이 늘 우울했습니다. 내 가슴의 빈 구멍을 가족에게 풀어서 참 죄송합니다. 삶의 우여곡절 끝에 중심을 잡아야겠다고 생각하던 중 우연히 명상서적을 읽게 되어 명상에 인연이 닿았습니다. 가랑비에 옷 젖듯이 명상에 젖어 들면서 매일매일 새롭게 태어나려고 노력 중입니다.

이 세상에 똑같은 사람은 한 사람도 없는데, 어찌 같지 않음을 탓하고 살았을까. 왼손에 쥔 것을 감사하지 않고 오른손이 빈 것을 탓하고 살아 왔을까. 마법에 걸려 깊은 잠에 빠진 공주가 긴 잠에서 깨어나서 행복하게 살았다 ~~~ 라는 이야기 속의 공주님처럼 길고도 어두운 잠 속에서 깨어난 듯합니다. 잠을 깨운 멋진 왕자의 존재는 무엇일까요?^^

무지하지 않게 자신을 찾아가는 기회를 주시어 감사드립니다.

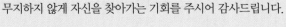

한나절의 사랑

설날. 어머니와 삼형제. 가족이 모였다. 경제적으로 어려워서 그런지 예전처럼 흥이 나는 것은 아니지만 다른 어떤 곳에서도 느낄 수 없는 편안함이 집에 있었다. 어머니만 살고 있는 집이지만 가족이 모이면 그 집은 가족 전체를 감싸고 보살피는 당신의 커다란 손길로 변한다. 갖은 음식은 당신의 몸에서 자라난 것 같고, 집안의 온기는 당신의 품 속 그대로를 느낄 수 있게 한다. 내 짐을 넣어둔 방에 들어서면 어김없이 새로운 옷들이 옷걸이에 걸려 있다.

어릴 적 내 옷을 산 기억이 별로 없다. 넉넉하지 않는 다른 가정과 마찬가지로 아우가 자라기 전까지는 사촌형들과 친형의 옷을 입었고, 아우가 다 자란 후에는 아우가 산 옷도 입었다. 처음엔 옷 투정도 하곤 했지만 이내 어려운 가정 형편을 받아들이게 되었다. 그래서 그런지 언제부터인지 어머닌 내 옷을 챙기신다.

가족하면 가장 먼저 어머니가 떠오르는 사람이 많을 것 같다. 나 또한 그렇다.

고1 때, 시한부 선고를 받은 아버지의 병세는 더욱 나빠졌다. 간경화 때문에 대구의 유명한 병원을 다니곤 했는데 살 수 있다는 3년이란 시간이 얼마 남지 않았을 때였다. 선친은 세상에 대한 도전도 남달랐지만, 세상에 대한 비관도 대단했다. 날로 늘어만 가는 한탄과 화풀이는 고스란히 어머니의 몫이었다. 그렇지만 그런 당신에게 우리는 그날그날의 불화가 빨리 잦아들게 하기 위해 당신이 모든 짐을 지시길 강요하곤 했다. 힘들어도 선친에게 맞추어 살면서 화목한 가족이 되는 것을 위해 한시도 허투루 보내지 않으셨던 당신에게 그냥 어머니가 잘못했다고 그러시라며 당신의 편이 되어드리지 못했다.

그러던 어느 날 어머니가 보이지 않는다는 선친의 말씀에 형제들이 흩어져 어머닐 찾았다. 시간이 한참 지나고서야 부둣가에 쪼그리고 앉아 있는 어머닐 발견했다. 그 후론 물에 뛰어들어 죽으려 하다가도 자식들이 물에 어른거려 그러질 못했노라고 늘 말씀하신다.

그럼에도 불구하고 어머니의 사랑을 다소나마 헤아릴 수 있을 때까지 많은 시간이 걸렸다. 대학에 들어가고 머리에 쓸데없는 지식이 들어차면서 내 자신을 '모성결핍'이라고 진단하였다. 어릴 적에 어머니와 처음으로 같이 산 기억은 9살 여름방학 부터였기 때문이다. 내가 태어날 때 건축업에 종사하던 선친은 공사 중이던 건축 사업이 부도가 나면서 옥고를 치렀다. 그 후 갓 태어난 나를 업고 어머니가 시작한 일은 장사였고, 큰 시장에서 나를 등에 업고 무거운 배추와 무를 이고 들고, 힘겨운 걸음을 터벅거리며 먼 길을 오가며 길가에서 파는 일을 했다고 한다.

그래서 20대가 되기 전까지 내 기관지는 매년 한두 차례 탈이 났고, 기침 소리가 날 때마다 마치 힘겨웠던 그때의 무거운 걸음 소리가 들리는 것처럼 어머닌 안쓰러운 생각에 그때의 이야기를 되풀이하곤 하셨다.

선친이 출감한 뒤 두 분은 어린 아우만 데리고 경찰을 피해 도피생활을 했었고, 형과 나는 큰댁과 이모 댁을 오가며 자랐다. 내 기억에는 가끔 어머니가 나타났고, 무릎을 베고 잠이 들었다가 깨면 이미 사라져버린 당신을 찾아, '엄마'를 부르며 온 동네를 울면서 뛰어 다녔었다. 그래서 그런지 모성결핍은 작은 마음속에 크게 자리 잡았는지도 모르겠다.

게다가 어릴 적엔 형과 아우에 대한 부모님의 편애가 있다는 피해의식도 있었다. 무뚝뚝한 외모에 늘 사마귀와 티눈이 얼굴과 손발에 가득했고, 눈에는 화상 자국도 나 있어서 그다지 호감이 가는 얼굴도 아니었다. 형제에 비해 작았고, 'ㅅ' 발음도 되지 않아서 거의 불구자 취급을 받았다는 생각을 30살이 넘도록 하곤 했다.

식당을 하는 어머니를 돕는다고 나름 노력했지만, 잘못을 저지를 경우도 있었다. 어느 날 가게에 가서 술을 몇 병 사오는 심부름을 하게 되었다. 보통은 술을 배달해 주는 차가 오지만 그 차가 오기 전에 술이 떨어지면 인근 가게에서 좀 더 비싸게 술을 사 오곤 했다. 가게에서 사오는 술보다 우리 집에서 파는 술은 더 비쌌다. 안주도 나가고 자리도 차지하니 당연한 것이었지만 당시 어린 생각에는 부당하다는 생각이 들었던 모양이다. 그래서 차액에 맞추어 내가 먹고 싶은 것을 사고는 집으로 갔다. 어머니는 잔돈이 없다는 내 말을 듣고 가게에 다녀오시더니 집 앞

나의 수많은 잘못에도 불구하고 어머니는 사람들을 만나면
나를 착하다고 자랑했다. 착하다고, 착하다고.
마치 곰이 사람으로 변하는 주문이라도 되는 것처럼.
어쩌면 그 주문이 사실로 받아들여지도록.

에 서 있는 나는 보시고도 아무 말씀도 하지 않으셨다.

당시 선친의 사업은 몇 년의 실패 끝에 마침내 일어나고 있었지만 물건을 사간 사람으로부터 대금을 받지 못해 상당히 어려운 형편이었다. 한 푼이라도 보태려고 1년 365일 하루도 쉬지 않고 노력을 하시는 어머니였지만, 철없는 자식을 나무라진 않으셨다.

초등학교 5학년 때였던 것 같다. 1년마다 있는 군민체육대회 때였다. 우리 면 사람들이 먹을 음식을 우리 집에서 맡게 되어 인근 고등학교에 자리를 잡고 불을 때고 솥을 걸었다. 나는 고기를 사오는 심부름을 하게 되었다. 평소 잘 아는 집이었지만, 그날따라 아주머니가 없고 다른 사람이 있었다. 그 사람은 고기를 반만 썰어서 내게 건넸다. 반박하지 않고 그냥 가지고 돌아오니 어머니는 이게 전부냐고 물었다. 나는 대답하지 않고 가만히 있었다. 어머니는 또 묵묵히 일을 하셨다.

나는 그 시절 어머니 마음만 아프게 하는 못난 사람 같았다. 나의 수많은 잘못에도 불구하고 어머니는 사람들을 만나면 나를 착하다고 자랑했다. 착하다고, 착하다고. 마치 곰이 사람으로 변하는 주문이라도 되는 것처럼. 어쩌면 나는 그 주문이 사실로 받아들여지도록. 그래서 어머니의 자랑이 사실이라고 주변 사람들에게 증명하려고 노력을 했을지도 모르겠다. 그런 주문이 없었더라면 아마 나는 어릴 적 친구들처럼 어두운 세계로 빠져들었을지도 모르겠다.

어머니는 우리 가족에게 있어서는 하나의 기준점이다. 어느 곳에 있더라도 때가 되면 어머니가 있는 곳으로 모이게 된다. 어머니가 있는 곳이 바로 사랑이 가득한 곳이기 때문일 것이다. 그리고 내게 있어 어머니의 사랑은 믿음인 것 같다. 어머니가 내가 있는 곳의 기준점이라면 이 믿음은 내가 가야할 곳에 대한 좌표라고나 할까? 당신이 믿어주시는 만큼 나는 나아갈 수 있는 것 같다. 그리고 당신의 믿음은 자식에 대한 당신의 사랑만큼이나 그 끝을 헤아리기 어렵다. 그곳에 가지 못하는 것은 단지 내가 한없이 어리석고 부족해서일 뿐일 것이다.

언제 어느 때고 전화하시곤 밥은 챙겨먹고 있냐고 물으시는 어머니.

그 마음은 온 우주를 덮고 있는 사랑의 파장에 연결된 것은 아닐까? 그래서 9년간 떨어져 살던 때에도, 형제를 편애한다는 생각을 할 때에도, 어디에서 그 어떤 바보 같은 삶을 살고 있을 때조차도 그 사랑의 마음과 믿음은 얇지만 질긴 옷처럼 항상 나를 감싸고 어루만져왔을 것이다.

그 옷이 펄럭이며 내게 이야기한다. 지금보다 백배 천배 어머닐 사랑하려고 노력한다 할지라도 단 한나절 나를 사랑한 어머니의 고마움에는 미치지 못할 것이라고.

자식이 부모를 생각한들 부모의 사랑에 미칠 수 없을 것 같다는 생각을 저도 최근에 했었습니다.

"지금보다 백배 천배 어머닐 사랑하려고 노력한다 할지라도 단 한나절 나를 사랑한 어머니의 고마움에는 미치지 못할 것이라고." 이런 아픔이 있는 줄은 몰랐네요. 어머니의 믿음만큼 진전하시길.

찡하네요. 이정권 님을 뵈면, 많은 사랑을 받고 자라온 분처럼 보입니다.

도전적인 사고가 남다르고 샘솟는 아이디어맨 같아 부러웠는데, 이러한 과정이 있었네요. 어머니의 믿음이 님의 원동력처럼 여겨집니다.

"그 사랑의 마음과 믿음이 얇지만 질긴 옷처럼 항상 나를 감싸고 어루만져 왔을 것이다." 다른 부분도 좋고, 특히 이 대목이 기억에 남을 것 같습니다. 저 또한 모성결핍이라고 생각했던 사람이었는데 글을 보며 아직 덜 풀어진 마음을 풀어보네요.

지은이 이정권

1971년생, 회사원 | 2003년 명상입문

초등학교 5학년 때였다. 몇 년동안 손발에는 사마귀와 티눈이, 입술에는 커다란 물혹이 달려 있었고, 'ㅅ'발음을 어릴 적부터 아예 하지 못했다. 말을 하지 않으면 별 차이가 없겠거니 했지만, 학교를 마치고 집으로 돌아온 오후, 거울 속에서 혼자만의 세계에서 살아가는 아이를 발견했다. 그날 거울 속의 나를 한참을 들여다보았다. 웃어 보았지만 입 꼬리는 올라오지 않았다. 무슨 생각에서였는지는 몰라도 당장 리더스 다이제스트의 유머코너를 외우기 시작했다. 다음 날부터 등하교 길에 친구들을 기다렸다가 외었던 이야기를 해주기 시작했다. 물론 'ㅅ'발음이 들어간 부분은 단어를 바꿔가면서 이야기했고, 점점 친구들 사이에서 인기있는 학생이 되었다.

그로부터 5년이 지나 고등학교 1학년 훈민정음 시간에 'ㅅ'발음을 하게 되었다. 'ㅅ'발음은 내 안에 있었지만, 내가 찾아내지 못했을 뿐이었다.

두 가지 사건을 통해 무엇인가 분명히 내 안에 있고, 내가 변하려고 마음먹으면 나는 다른 사람이 될 수 있다는 것을 알게 되었다.

치열한 회사 생활에서 맥이 잡히지 않을 정도로 건강이 악화 되었을 때 명상을 알게 되었다. 호흡으로 마음을 가다듬고, 부족하지만 나눔과 비움으로 생활을 정리해 나갔다. 건강은 다시 돌아왔다. 나를 죽게도 만들고 살게도 만드는 그 무엇은 바로 내 안에 있음을 다시 한 번 깨닫게 되었다. 그리고 내가 변하려고 마음을 먹으면서 다시 변할 수 있다는 것도 알게 되었다.

지금은 사람들의 몸과 마음을 가볍게 할 수 있는 일을 하는 것에 더 가치를 느끼게 되었으며 뜻을 같이 하는 분들과 ㈜아름다운완성이라는 회사를 만들고, 인생을 아름답게 완성하는 일을 널리 공유하는 일에 동참하고 있다.

내 딸 천지수는요

"엄마, 나 대학 합격했어!"

"뭐? 정말? 축하한다. 그동안 고생했어!"

제 딸 천지수가 요즘 기고만장해져 있습니다.

수능시험을 보고 수시에 떨어졌을 때는 코가 석자나 빠져 있더니 정시모집에서 합격하고 자신이 원하는 학과를 골라서 등록을 하니까 기가 좀 살았습니다. 그렇다고 아주 좋은 대학은 아니구요, 서울에 있는 대학입니다. 하지만 평상시 공부했던 것에 비하면 감지덕지한 대학입니다.

집에서 걸어서 15분 거리에 있는 ○○여대 아동심리학과. 저는 다른 대학 일본어과를 추천했지만 제 딸은 저의 말은 귓등으로도 안 듣습니다.

사실, 저는 지수가 대학에 갈 거라는 생각을 지레 접고 있었습니다. 왜냐하면 중간고사나 기말고사 볼 때만 책을 들여다보았고, 그것도 일주일 벼락치기 공부였으니 성적도 항상 중간이었기 때문입니다. 수학은 20~30점대(저도 수학은 잼뱅이였음, 이런 걸 닮다니^^;;) 외우는 과목은 그래도 상위권, 평균하면 항상 중간이었습니다.

저는 지수가 공부하는 데 별로 보탬이 되질 못했습니다. 스스로 학원을 선택했고, 학원이 맘에 안 들어 인터넷 강의 듣겠다고 하면 강의료 내주는 정도밖에 한 일이 없습니다. 학교에서 야간 자율학습 끝나면 데리러 오라고 했을 때도 몇 번 데리러 다니다가 체력이 따라주지 않아 용돈 조금 올려주고 버스를 타고 오라고 했습니다. 새벽에 나가려면 일찍 자야 하는데 데리러 갔다 오면 일어나기가 너무 힘들었기 때문이지요.

그러니까 혼자 공부하고, 혼자 대학 검색해서 등록하고, 거의 모든 걸 혼자 한 셈이죠. 그럼에도 불구하고, 이렇게 합격할 수 있었던 것은 '하늘의 보살핌'이 없으면 불가능하다는 생각이 들었습니다.

지수가 대학에 합격하고 며칠 후, 9년째 서로 연락을 하지 않고 있던 전남편으로부터 전화가 왔습니다.

"지수를 잘 키워줘서 고맙다. 지수 등록금은 내가 대주겠다. 그리고 미안하다."는 내용이었습니다. 너무 뜻밖이었습니다. 전화를 할 거라는 생각도 못했을뿐더러 '고맙다. 미안하다' 라는 말을 듣다니요!!! 더더군다나 등록금까지….

제가 키웠다기보다는 스스로 컸고, 그다지 잘 키웠다는 생각은 안 들었지만 어쨌든 등록금 대 준다는 말에 넘 감사했습니다. 제가 돈에는 좀 약합니다.^^;;

하지만 등록금을 꼭 받아야겠다는 마음은 접었습니다. 주면 감사하고, 안 줘도 그만이죠. 그 사람 형편이 그다지 좋은 것 같지도 않고, 그 사람

지수를 통해저를 바라봅니다.
제 딸 천지수가 제 삶의 잣대입니다.
제가 부드러워지는 만큼 지수도 부드러워지고,
지수가 밝아지는 만큼 철이 드는 만큼 저도 그렇게 될 테니까요.

말에 휘둘리고 싶지 않았기 때문입니다. 그렇게 마음을 정리하고 있던 중 얼마 후에 ○○여대 홈페이지를 열어 본 지수가 탄성을 지릅니다.

"엄마! 나 장학금 받아!"

"정말? 넘 잘됐다. 그동안 애쓴 보람이 있구나!"

남편과 이혼을 할 때 지수는 10살이었습니다. 저는 위자료도 양육비도 필요 없고 그저 이혼만 하기를 원했고, 어린 지수는 아빠랑 같이 살면 안 되냐고 울었습니다. 이혼을 하자 "아빠는 같이 살고 싶어 하는데, 엄마가 이혼을 한 거야."라며 저를 원망하며 성격이 점점 더 송곳처럼 변해갔습니다.

지수를 통제할 수가 없었습니다. 지수가 미울 때도 너무 많았습니다. 지수의 삐딱한 행동에 울화통이 터질 때도 많았지요. 하지만 지금은요, 지수를 통해 저를 바라봅니다. 제 딸 천지수가 제 삶의 잣대입니다.

제가 부드러워지는 만큼 지수도 부드러워지고, 지수가 밝아지는 만큼 저도 밝아지고 철이 드는 만큼 저도 철이 든다고 생각하게 되었습니다. 명상을 알지 못했더라면 아마 지금도 울화통을 터트리고 있을 겁니다.^^*

별 볼일 없는 부모 밑에서 큰 탈 없이 잘 자라준 지수. 오늘따라 불쑥 커 보이는 나의 딸.

"지수야, 고마워! 사랑해!!!"

🙂 경쾌, 상쾌함을 줍니다. 끝부분에서 딸 지수 10살 때 얘기가 조금 가슴 아프긴 했습니다만 현재를 감사히 생각하는 마음이 강하게 전해지네요.

🐺 따님을 멋지게 키우신 것 같은데요. '알아서 잘하기' 요즘은 이렇게 키우기 쉽지 않다고 하던데 멋진 엄마이십니다.

🙂 님의 정성이 있으시기에 모든 일이 잘되는 듯합니다. 무슨 일이든 열심히 최선을 다하는 당신이 아름답습니다.

😀 아세요? 나날이 점점 가벼워지고 계시는 거. 등록금 부담을 더셔서 그러신가? 하하~^^

⚫ 처음 뵈었을 땐 세상의 모든 고뇌를 다 짊어지고 계신 듯했는데 즐겁고 가벼운 마음을 보니 기분이 좋네요.

지은이 황기순

1964년생, 명상강사 | 2006년 명상입문

저는 23년 동안 경찰관으로 일했습니다. 여자경찰이었지요.

명상을 깊이 하고 싶어서 직장을 그만둔다고 하니까 동료들이 "미쳤군, 돌았어. 직장구하기가 얼마나 힘든데 그만둬?" 야단이었습니다. 동료 여러분 ~~~ 제가 미쳤다니요! 돌았다니요! 지금 제정신으로 돌아오고 있는 중입니다.^^*

저는 살면서 풀리지 않는 의문이 있었습니다. 유복자로 태어남, 가난, 새아버지의 난폭함, 사람들의 배신, 정신적, 육체적 고통, 이혼, 삶에 대한 두려움….

'삶은 고해다' 라는 말을 절감하며 살았습니다. 내 삶이 이렇게 고통스러운 것은 뭔가 이유가 있을 것 같았고, 그것을 찾기 위해 여기저기 기웃거렸습니다. 그러던 중, 우연히 사무실 책장에 꽂혀 있는 '소설 선' 이란 책을 읽고 '아~ 진리다' 라는 생각이 들어 바로 입문했지요.

명상을 통해 인간으로 태어난 이유, 인간에게 고통이 주어지는 이유를 알았습니다. 인간으로 태어난다는 것이 얼마나 축복인지도 알았습니다. 지금은 그간의 고통이 감사함으로 변했습니다.

'어느 누가 나만큼 다양한 경험을 했을까? 경험 한번 찐하게 했네~ 하며 웃을 수 있는 여유가 생겼으니까요.

저는 지금 새 삶을 살고 있습니다. 하루하루가 너무나 소중합니다. 하루하루가 너무나 행복합니다.

아들이 알 수 없는 것

사랑

아들 녀석이 깜빡 잊고 두고 간 도시락을 들고
이미 학교에 들어섰을지도 모르는 시간에
이것저것 재지 않고 냅다 뛰는 어미의 마음을
아들은 알 리가 없다.

내 새끼 배곯을까 백주대로에서 발견한 아들의 뒤통수에 대고
고래고래 이름을 부르며 도시락을 흔들어 대는 어미의 마음을
아들은 알 리가 없다.

동네방네 제 이름이 불린 것에 쪽팔려 하며
도시락을 가방에 쑤셔 넣기 바쁠 뿐이다.

지 새끼 세상에서 제일 예뻐 어쩔 줄 모르는 사랑이
얼굴에 뚝뚝 떨어진다마는
아들은 얼른 집에 돌아가시라고 툴툴대며
등을 돌려 학교로 들어가기 바쁘다.

쉴 새 없이 뛰어온 탓에, 언제 봐도 예쁜 탓에
어미 얼굴은 발갛고
쪽팔림에 아들은 얼굴이 발갛고

집으로 돌아가면서도 몇 번을 아들 녀석 바라보느라
뒤를 돌아보는 어미건만
한 번쯤도 돌아보지 않는 아들은
그 마음을 알 길이 없다.

사랑 Ⅱ

머리가 굵어 이제 대들기까지 하는 아들은
아비의 애잔한 사랑을 알 리가 없다.
술 때문에 언제나 얼굴은 발갛고,
입에선 언제나 바보 멍충이가 연발되는 아비를
아들은 좋아할 리가 없다.
누구를 위해 얼굴이 매일 그렇게 달아오르는지 알 리가 없다.

아들 녀석 군대면회를 가던 날,
면회 장소에서 한참 떨어진 PX까지
음료수를 사기 위해 잠시도 멈추지 않고 뛰어갔다 오느라
거친 숨을 몰아쉬는 아비의 사랑을
아들은 알 리가 없다.

원래 사랑한다 말하는 법을 배운 적이 없는,
등골 휘게 일하는 재주만을 배운 아비의 마음을
지 혼자 큰 것처럼 착각하는 아들이 알 리가 없다.

이제 30보다 40이 더 가까운 나이에

홀로 된 어미의 마음을 조금은 알 것도 같다마는

달에 한 번 먼저 전화를 하는 것만으로

입이 귀에 걸리시는 어미의 마음을

아직도 아들은 알리가 없다.

자기를 위해 사는 법을 배운 적이 없는 아비와 어미를

자기를 위해 사는 법을 배운 아들이 헤아리기엔

그 사랑이 너무 넓다.

 아…. 감동이에요. 저도 요즘 8살짜리 아들에게 매일 하는 말이죠. "자식 키워봐야 하나도 소용없단다. 저리가. 엄마 일해야 해." 저는 좀 못된 엄마가 되려고 노력 중입니다. 착한 마음 너무 예뻐요.

김대만 님, 감동과 재미가 함께 합니다. 표현은 안 하지만 부모님의 사랑을 다 알고 계십니다. 이젠 표현만 하시면 되네요.

대만님~ 이거 울 엄마 아빠에게 보내드릴래요. 그래도 되죠? 스타일 속에 감동이 들어가 있는 깔끔하지만 감동스런 그런 글이에요. 대단하세요!

살아 계실 때는 잘 몰랐더래요. 문득문득 그때 좀 더 잘해 드릴걸 하는 후회감이 밀려올 때가 있는데, 그때는 이미 늦었더래요. 할 수 있는 건 멍하니 앉아 흐르는 눈물을 닦는 것밖에는 없었더래요. ㅠㅠ

지은이 김대만

1974년생, 컴퓨터 프로그래머 | 2003년 명상입문

낯을 많이 가리고 내성적입니다. 나이가 들면서 수련을 하면서 조금은 덜 낯을 가리고 덜 내성적이 되어가나 근본은 내성적입니다. 뭔가를 받으면 되갚아야 하기 때문에 주고받는 것을 조금은 부담스러워하고, 지는 것을 싫어해서 가능하면 싸워야 할 내지는, 경쟁해야 할 상황을 만들지 않으려고 합니다. 고등학교 시절 무협지가 완전 거짓이 아닐 수 있다는 것이 신기해서 혼자 단전호흡을 해본 적이 있고, 신선들의 이야기를 좋아했고, 이후 한참 지나서 2003년에 명상과 인연이 닿아 지금까지 왔습니다. 아직까지는 특별하게 주위에 '나 명상해서 이렇게 달라졌다'고 말하기엔 수련을 제대로 하지 못하고 있습니다.

그래도 한 가지 확실하게 나의 마음자리가 굳건해져서 점점 안정되어가는 느낌은 있습니다. 5년여 명상을 해온 것이 헛된 시간은 아니라는 생각이 듭니다. 나를 흔들던 수많은 감정들이 이제는 바위를 스쳐가는 바람마냥 저를 스쳐가는 느낌이랄까요?

청소년 시절, 별을 바라보는 것이 행복했고 보이지 않은 세계를 갈망했고, 그래서인지 내성적이고 그런 사람입니다. 사람을 대하는 게 아직도 제일 어려운 것 중에 하나인 성격에다가 판타지 소설, 애니메이션을 참 좋아하는 사람입니다. 사회적 비전은 아직도 모호하나 명상의 깊음, 그 끝에 다다르고 싶은 사람입니다.

아빠의 꿈

"아빠 꿈이 뭐였어요?"

어색한 침묵을 깨기 위해 별 기대 없이 했던 질문이었습니다.

아빠의 어릴 적 꿈은 작은 산을 하나 사서 그곳에 여러 동물들을 풀어 놓고 키우는 것이었다고 합니다. 대학 졸업 후, 주 5일제 근무에 좋은 조건의 유명 제약회사에 취직하셨다지요. 그러나 전공인 화학공학도로서의 꿈을 이루기 위해 석유화학기업의 입사시험을 포기할 수 없었던 아버지는 제약회사를 그만두셨지요.

시골에서 대학등록비를 마련하기 위해 온갖 궂은일을 다 하셨던 홀어머니의 기대와 자신의 꿈 사이에서 고민하며 혼자 뒷산에서 울었던 날이 많으셨다는군요. 다행히 원하시던 회사에 입사하여 제품연구에 최선을 다하셨고, 지금도 미련이 없다고 하십니다. 아프시기 직전에는 퇴직한 4-50대 분들이 일할 수 있는 사업체를 운영하는 것이 꿈이셨다네요.

좀 의외였습니다. 아버지에게도 열정이나 꿈이 있을 거라는 생각은 못해봤거든요. 아버지의 이야기를 듣고 집으로 돌아가는 길, 갑자기 눈물이 납니다. 그러고는 한참을 목놓아 울었습니다. '왜 울지?' 스스로도 어리둥절했습니다. '아…' 스치는 생각이 있었습니다.

고3 수능을 마치고 뚜렷하게 가고 싶은 대학도, 과도 없었던 저였지만 한 가지 분명한 것은 '집에서 통학할 수 없는 곳' 이어야 했습니다. 더 이상 아버지와 한 집에서 사는 것이 견딜 수가 없었기 때문입니다.

어릴 때부터 제 기억 속의 아버지는 어머니의 의견을 전혀 존중하지 않으셨고, 주제를 막론하고 자주 큰 소리로 어머니를 혼내셨습니다. 집 안의 모든 일은 TV프로그램을 정하는 일부터 큰일까지 아버지 마음대로였습니다. 아버지의 심기가 불편하신 날에는, 그 날 집안 식구들은 모두 숨을 죽이고 지내야 했습니다.

달걀형 얼굴에 쌍꺼풀까지 있는 아버지와 달리 저는 넓은 얼굴에 쌍꺼풀이 없습니다. 그런 저에게 아버지는 늘 "지연이는 객관적으로 예쁜 얼굴이 아니야, 지연이는 누굴 닮았지? 엄마를 빼닮았구나."라는 말씀을 자주 하셨습니다. 어릴 때부터 한 번도 '예쁘다' 는 말이나 '사랑한다' 는 말은 들어본 적이 없었습니다.

창살 없는 감옥에 사는 것으로 느껴졌습니다. 가출을 생각해 보기도 했지만, 다시 집으로 돌아왔을 때 혼날 일이 무서워 실행에 옮기지 못했지요. 다행히 집에서 멀리 떨어진 대학에 입학하게 되었고, 집에 전화 한 통 할 생각도 하질 못했습니다.

그런데 그 날의 대화 이후, 태어나서 처음으로 아버지도 '인간' 이라

태어나서 처음으로 아버지도 '인간'이라는 생각이 들었던 것입니다.
소신과 꿈이 있고, 그 꿈을 이루고자하는 열정과 행동력도 있는
그런 멋있는 '한 사람' 말이지요.

는 생각이 들었던 것입니다. 소신과 꿈이 있고, 그 꿈을 이루고자 하는 열정과 행동력도 있는, 그런 멋있는 '한 사람' 말이지요.

맡고 계신 역할 중 하나가 '김지연의 아버지'일 뿐, 단점도 있고, 실수도 하는 나와 같은 '사람'이라는 생각이 들기 시작하니, 점점 죄송해지기 시작했습니다. 그동안 아버지를 '나를 사랑하고 인정해 주어야 하는 사람, 완벽한 모범을 보여 주어야 하는 사람'이라고 여겼다는 것을 알았습니다. 기대가 채워지지 않으면 분노했던 것이지요.

명상을 시작한 후, 나름대로 아버지를 용서하려고 애쓰던 날들이 떠오릅니다. 하지만 저는 용서하는 사람이 아니라 용서 받아야 하는 사람이었습니다.

이제 새로운 눈으로 아버지를 바라봅니다. 눈치 없고 철없는 제가 고생 한 번 없이 평탄하게 살아올 수 있도록 든든한 울타리가 되어 주셨고, 한평생 성실하고 반듯하게 살아오셨던 모습의 아버지가 보입니다. 그 사실만으로 저에게 큰 가르침을 주시는 분….

아버지, 계셔주셔서 감사합니다.

부모님은 부모님이신데 하면서 살다가 저도 요즘은 '한 인간으로서의 아버지, 어머니는 어떤 분이실까?' 하는 생각을 더 많이 하게 됩니다. 부모님 생각에 찡하네요.

지연님의 인생에 얼마나 많은 분들이 등장하셨을까요? 그 중에 가장 많은 부분을 차지해 주신 아버지란 존재는 고마워하고 또 고마워해도 부족하겠죠? 하나씩 알아 가시는 모습이 너무 예뻐요.

아이처럼 얼굴이 빨갛게 상기된 모습이 떠오릅니다.

아버지의 사랑, 표현만 안 하실 뿐이지 가슴 깊은 곳에서는 용솟음치리라 봅니다.

지은이 김지연

1982년생, 초등학교 교사 | 2005년 명상입문

올해로 5년차 수련생이자 초등교사이며, 자신의 길을 찾기 위해 노력하고 있습니다.

수련을 시작하면서 제가 그토록 그리던 자유를 찾았습니다.

자유는 깊은 호흡으로 맑은 기운이 충만한 순간의 바람결에 있었으며, 잘 보이고자 하는 허영심, 인정받고자 하는 욕심을 날숨에 실어 보내어 있는 그대로의 내 모습을 인정하는 순간에 있었으며, 어떠한 타인이라 할지라도 나보다 낮은 자리에 있지 않다는 것을 느낄 때 존재했으며, 모든 상황 속에서 내 탓을 인정하게 될 때 찾아왔습니다.

수련을 하면 할수록 점점 더 '잘 모르겠다'는 생각이 들기도 합니다. 그 와중에도 제 몸이, 생각이, 마음이 조금씩 바뀌고 자유로워지는 것을 느낄 때, 큰 기쁨을 느낍니다. 제 인생의 안개를 거두어주신 말씀과 기운, 진심으로 감사드립니다.

글을 써놓고 보니 제 수준이 드러나서 부끄럽지만 당장이라도 글을 지우고 싶은 생각에 손가락이 근질거리지만 그런 제 모습을 솔직하게 드러내고, 인정하고 싶네요.^^

엄마처럼 안 살 거야

어릴 적부터 난 유난히 어머니의 뒤꽁무니만 따라 다녔던 기억이 있다. 어머니가 어딜 가시려고 엉덩이만 들썩거리면 먼저 따라나서곤 했다. 번번이 어머니께 혼나면서도 어머니를 쫓아다니곤 했었다. 어머니가 가시는 곳 어디든 따라나서기를 하니 언제부터인가 어머니는 돌팔매로 날 따라오지 못하게 하신다.

어머니가 때론 돌을 던지시며 "따라 오지마라. 빨리 집으로 안 가나!" 하셔도 저만치 가시면 또 따라간다.

그렇게 어머니의 사랑을 받고 싶고 함께 하고 싶어 하던 아이는 자라면서 어머니가 마음에 들지 않았다. 어머니 자신은 없고 언제나 가족이 먼저이고 특히 아버지를 많이 챙기시면서도 아버지의 사랑을 받지도 못하시는 어머니. 아버지는 다정한 말 한마디 따뜻한 눈길 한번 주지도 않으시면서 언제나 핀잔만 주셨다. 그것이 아버지의 사랑의 표현임을 나중엔 알게 되었지만.

엄마는 아버지를 위해 곰국을 끓이신다. 어릴 적엔 곰국과 고기는 아버지만 드시는 것으로 알 정도로 우리에게는 한 점의 살코기도 안 주시는 엄마가 야속하고 미웠었다. 우리 육남매는 아버지께서 드시는 곰국도 먹고 싶고 살코기도 먹고 싶어 했었다.

"난 크면 엄마처럼 안 살 거야!"

어머니 당신은 없고 아버지만 챙기시는 어머니가 싫어서 곧잘 그렇게 얘기했다.

"맛난 것 내가 먼저 먹고 남편보다 아이들보다 내가 더 좋은 옷 입고 그렇게 살 거야!"

"한번 결혼해서 살아봐라. 마음먹은 대로 살 수 있나? 누구는 좋은 옷 맛있는 음식 먹고 싶지 않아서 그러나? 많은 식구들 먹이고 입히려면…." 하시면서 말끝을 흐리시곤 하셨다.

그땐 몰랐다. 어머니 당신도 좋은 옷, 맛난 음식을 좋아하신다는 것을.

또 마음에 들지 않았던 것은 밤새 끙끙 앓으시고도 아침이면 밥을 지으시고 논으로 밭으로 산으로 일을 나가시는 것이다. 아프면 좀 쉬시면서 조리를 하시면 되는데…. 그것도 못마땅해 했었다. 내가 해 드릴 수 없는 부분이어서 더 그렇게 어머니께 독설을 퍼부었는지 모르겠다. "난 절대 엄마처럼 살지 말아야지!" 큰소리치며 그렇게 다짐했건만 어느 날 나의 모습은 어머니와 똑같이 살고 있었다.

내 옷보다 남편의 옷, 아이들의 먹거리를 먼저 장만하고, 밤새 끙끙 앓고는 아침이면 어김없이 남편과 아이들을 위해 아침 준비를 하는 것이 아니겠는가! 거울 속 나의 모습도 어머니를 닮아가고 있음을 보고 깜짝 놀랐다. 그렇게 어머니를 닮지 않겠다고 큰소리 뻥뻥 치던 나도 별수 없이 어머니가 걸으신 길을 그대로 답습하고 있었으니….

그렇게 세월이 흘러 몸이 많이 아픈 시기가 있었다. 가정을 위해 나의 몸은 돌보지 않고 살아온 세월이 헛살아온 것처럼 느껴졌다. 남편은 처음엔 몸이 아픈 것에 대해 가슴 아파하곤 했었지만 긴병에 효자 없다는 말처럼 긴 병마와 싸우는 동안 남편은 싫은 내색을 하기 시작했다. 다른 사람들은 아픈 데도 없이 건강하게 잘 사는데 당신은 장모님 닮아서 아픈 곳이 너무 많다면서 구박 아닌 구박을 하는 것이었다.

남편의 말이 비수가 되어 나의 심장을 찔렀다. 매일 밤 "이리 밀어라, 저리 밀어라, 팔 좀 내려달라, 다리 주물러 달라, 손 좀 주물러 달라…." 이렇게 요구사항이 많으니 어느 사람인들 귀찮지 않을까.

남편을 이해는 한다. 밤이면 깊은 잠에 못 들어 아프다며 눈물 콧물 흘리는 아내를 보는 것도 지겨울 것이다. 그렇지만 내가 어디 아프고 싶어서 아픈가! 아프고 싶은 사람이 어디 있어. 나도 아프지 않고 편안히 살고 싶단 말이야. 다 가정을 위해 나를 돌보지 않고 고생해서 이렇게 된 것이지 내가 편히 살면서 이렇게 되었나? 야속한 마음에 밤이면 밤마다 눈물로 살았다.

그러던 어느 날 팔을 다치게 되었다. 다행히 오른쪽이 아니라 왼쪽 팔이다. 가정 일을 하는 데는 별 문제는 없었으나 단, 설거지가 문제였다. 그때부터 설거지는 남편의 몫으로 돌아갔다. 이 사고 이후로 난 엄살을 피우기 시작했다. 아니 솔직히 말하면 나의 몸을 사랑하기 시작했다고 할까? 몸이 극도로 아파야만 내가 자리보존을 한다는 것을 남편은 알고 있었다. 그래서 이것을 이용하기 시작했던 것이다.

밥하기 싫고 청소하기 싫으면 자리보존하며 누워있다. 그러면 남편은 저 사람이 정말 많이 아픈가보다며 스스로 밥을 짓거나 설거지를 하는 것이었다. 슬슬 재미가 붙었다. 이제는 아예 노골적으로 남편이 주방에서 떨거덕거려도 내다보지 않곤 한다. 그러면 밥을 차려서 밥 먹으라고 한다. 히히히 재미있다. 이렇게 난 어머니처럼 살지 않겠다던 내 말을 실천하고 있다. 물론 어머니처럼 살아온 세월도 있었지만.

엄마에게 전화를 한다.

"그래 잘 지내나? 이 서방은 뭐하누?"

"히히 지금 설거지 중이예요."

"어데 아프나?? 와 이 서방이?"

"나중에 엄마처럼 아버지를 60년 동안 수발하지 않고 스스로 알아서 챙길 수 있도록 지금 교육 중이지요~"

"못 됐다. 그래도 남편은 하늘인디…."

"하늘도 땅에게 잘 해주어야 하는 게 아닌가요? 요즈음은 땅값이 많이 올라서 좀 비싸요. 한 번이 중요한 거예요. 엄마도 아프시면 좀 쉬어가면서 하세요."

"야야~, 나는 누워 있으면 좀이 쑤셔서 몬 누워 있다 아이가."

"참 성격도 이상하시지…. 하긴 저도 아프면 못 누워 있긴 하지만….

이것도 엄마 닮았네요."

"야가 야가! 안 좋은 거는 다 날 닮았다고 하네…."

"엄마, 저 많이 미웠죠? 엄마한테 못된 딸이었죠?"

"아니다. 다 내가 못나 너거들을 잘 가르치지 못하고 고생만 시켜서 미안타."

"엄마, 한 번도 사랑한다는 말을 한 적이 없었죠? 사실은 하고 싶은데 쑥스러워서 그랬는데…. 엄마 사랑합니다!"

"그래 나도 널 마이 사랑한데이."

"히히, 한번 하고 나니 괜찮네. 엄마 진짜로 사랑합니다."

"야가 야가 자꾸 와 카노? 나도 사랑합니다."

팔순노인이 되셔도 이제껏 마음 편히 쉬신 적이 없으셨던 어머니는 다리를 절뚝절뚝 거리며 불편해 하시면서도 아버지 진짓상을 차려주십니다.

몇 년 전 어머니께 처음으로 사랑한다고 하였습니다. 자주 쓰지 않던 말이라 참 어색했지만 한번 하고 나니 괜찮더라구요. 그래서 요즈음은 가끔씩 "사랑합니다."라고 하면 어머니께서도 "나도 사랑합니다." 하십니다.

그런 어머니가 귀엽기도 하고 애처롭기도 합니다. 자주 찾아뵙지 못하는 딸을 많이 보고 싶어 하시고 기다리십니다. 엄마 자주 찾아뵙고 전화 드릴게요. 어머니, 당신을 사랑합니다.

 저도 부모님을 사랑하면서 '사랑합니다' 이 한마디가 그렇게 어려운지 모르겠어요. 읽는 내내 슬며시 미소 짓게 만드네요.

 아버지께는 회초리, 어머니께는 매질로 저의 어린 시절은 수난의 계절이었지만 어릴 때 엄마를 졸졸 따라다녔던 기억이 있네요. 어머니 사랑이 한없이 느껴져 옵니다.

 "나는 크면 엄마처럼 안 산다"는 대부분의 딸들이 그런 소리 하지 않나 싶어요. 나 역시 그러면서 컸었거든요. 그런데 그게 참 안 되더군요. 갑자기 이미자의 '여자의 일생'이란 노래가 생각나네요.^^

 그러고 보니 아름다운 말이네요. '사랑합니다'라는 말은….

 저는 저의 몸을 사랑하지 않고 산 세월을 후회하고 있는데, 기연 님은 지혜롭게 사시네요. 자리 보존하고 누웠다고 그리 해주시는 남편 분도 착하시네요.

지은이 김기연

1962년생, 식당 근무 | 2006년 명상입문

어릴 적부터 정을 많이 그리워하고 사랑받기를 원했었지만 아무도 저에게는 사랑을 주지 않았습니다.

그래서 결혼을 하여 알콩달콩 사랑하며 살아야지 하며 결혼 상대자를 찾아 결혼을 하였지만 남편 역시 사랑을 받을 줄만 알았지 줄 줄 모르는 사람이었습니다. 친정아버지가 무서워 여행 한 번 가지 못해서 결혼하면 남편과 손잡고 다정하게 이곳저곳 여행을 다니는 것이 소원이었는데 고작 가는 곳이 친정인 거제도가 전부였습니다. 그것도 친정 부모님 생신날뿐입니다.

그렇게 20여 년을 살면서 마음과 몸이 병이 들어 삶의 의미를 잃어갈 즈음 명상을 만나게 되었습니다. 명상을 만나면서 저는 다시 태어난 느낌이었습니다. 내가 이 세상에 없어도 되는 존재인 줄 알았는데 명상을 만나 이 세상에서 가장 귀한 존재가 나란 사실을 알게 되었습니다.

그전까지는 나는 없고 오로지 남편과 자식들뿐인 삶이었다면 이제는 내가 주체가 되고 모든 것이 나로 인해 존재한다는 것을 알았다고 할까요? 이 얼마나 즐겁고 행복한 일입니까? 제가 명상을 만나지 못했다면 지금쯤 의미 없어하며 하루하루를 보내고 있겠지요.

이제는 하루하루가 행복합니다. 시원하게 숨 쉬는 것만으로 감사하는 하루를 보내며 살고 있습니다. 오늘도 내일도 행복한 숨쉬기를 한답니다.

요령부득 이 선생

"아가씨 금강산이나 설악산 봤어요? 거기 바위들이 바둑알이나 보도블록처럼 반듯반듯하니 똑같이 생겼습디까?"

"아니요."

"거기 바위들과 산세가 다 그렇게 똑같이 네모 반듯하다면 사람들이 구경하러 가겠어요?"

"…"

"사람 얼굴이나 치아들도 마찬가지예요. 크게 생명이나 생활에 지장이 없으면 되도록 건드리지 않는 거예요. 다 조금씩 비뚤어지고 다르게 생겨야 의미가 있어요. 생니 발치하고 교정하는 것이 문제들이 없고 괜찮은 걸로 아는데 그게 우리 뼈를 뽑고 흔드는 거예요. 인위적으로."

선량하고 서민적으로 보이는 그녀는 입에 힘을 안 주면 입이 안 다물어질 정도였다. 한눈에도 심한 뻐드렁 앞니였다. 그리고 말할 때나 웃을 때 반드시 입을 가렸다. 환자 대기실에서 그 광경을 보던 나는 속으로 생각했다.

'와! 저 정도면 앞으로 넘어져도 코는 안 다치겠구나. 입이 먼저 땅에 닿을 테니. 시집가기도 힘들겠다. 키스하기도 어려워. 쯧쯧…'

그렇게 심한 정도였다. 하지만 그 치과의사는 하늘을 우러러 필요 이상의 진료행위는 절대로 환자에게 권하지도 시술하지도 않았다. 바로 그 의사선생님, 바로 울 아버지 되시는 분의 가치관 때문에 키스하기도 어려운 그 아가씨는 결국 우리 병원에서 교정치료를 받지 못했다. 아마 어려운 형편에 긴 시간 모은 적금을 가지고 더 비싸고 얼른 손님을 받는 딴 치과로 직행했으리라.

동그란 얼굴과는 달리 아버진 손이 섬세하고 길었다. 다소 저렴하고 솜씨가 섬세하다는 소문도 났다. 그리고 한창 나이 때에는 환자도 적지 않았다. 하지만 특히 수입이 짭짤한 교정, 치아미백 같은 미용 목적의 치과 진료엔 이런 대화와 앞 풍경 같은 실랑이가 흔했다.

"아 참 글쎄, 내 말 듣고 웬만하면 하지 마세요."

그리하여 급기야 정직, 자연주의, 요령부득 이 치과의 병원 자리는 수세식 화장실도 없는 오래된 건물 한편에서 내내 사글세였다.

그랬어도 성장기에 우리 집이 가난했던 기억은 나에겐 없다. 그럼에도 불구하고 한편 집안 살림과 자녀 교육비를 꾸려야 했던 자연주의 이 치과 사모님 즉, 울 엄마는 항상 돈에 쪼들렸다. 게다가 어쩌다 그렇게 되었는지는 모르겠지만 우리나라 최고 부잣집 아이들이 득실득실한 사립 특목고에 내가 합격하는 불상사까지 일어났다. 그 학교는 촌지조차도 단위 수가 틀렸다.

그 자존심만 강한 헛똑똑이 아버지는
치매에 반신불수로 누워 계신다.
이제 이분이 이렇게 가시고 나면
나한테 무조건 무엇인가를 주고 싶어 하는 사람은
지구상엔 단 한 명도 안 남게 된다.
그러기에 더욱더 고맙단 말을 해서는 안 된다.

엄마는 더욱더 "돈! 돈!!!" 하는 소리를 입에 달고 살았고 니 밑으로 집 안 돈이 다 들어간다는 소릴 난 밥보다 더 자주 먹고 살아야만 했다. 그래서였는지 난 그다지 물욕이 없는 편이었는데도 불구하고 어떤 가난한 집 아이들보다 더 돈에 짜증이 나 있었고 우리 집 경제 파탄범이란 자책감에다 모난 자존심만 뾰족해 있었다.

아마 그래서 내가 그렇게 말한 것 같다. 고등학생에겐 적지 않은 용돈을 내미는 아버지 손을 뜨악하게 바라보면서 "아, 쓸 만큼 아직 있다니까요." 하고 몇 차례나 거절하다가 마지못해 받으면서 "고맙습니다." 라고 깍듯하게 말한 것은….

그때 아버지가 서운한 표정으로 이렇게 말씀하셨다.

"그럼 용돈을 주면 고마운 아버지고, 줄 수 없는 아버진 고마운 아버지가 아닌 거냐? 가족은 그냥 있어주는 것으로 고마운 거지 무얼 주었다고 고맙고 줄 수 없으면 안 고맙고 그런 것이 아니다. 그리고 부모 자식 간에는 그렇게 깍듯하게 인사하는 것이 아니다."

그땐 난 잘 몰랐다. 고맙다고 이야기한 것이 왜 그리 아버지를 서운하게 했는지….

하지만 그때도 무언가 가슴을 훅 후려치면서 덜컹하니 내려앉는 무엇인가가 있긴 있었다.

난 아직도 그때의 아버지 표정을 잊지 못한다.

그 후로도 오랫동안 아버지는 기분 좋은 사람에게서 들어 온 수입 중에서 빳빳한 새 지폐 신권만을 골라서 내 용돈을 따로 준비하셨다. 그리고 그 후로도 오랫동안 가정 경제 파탄범인 나는 부담스럽게 생각하며 그것을 받았다.

십수 년 후 나도 선생님 소리를 들으며 먹고 사는 직업을 가지게 되었다. 아직도 도제 제도 같은 전통이 남아있는 이쪽 바닥은 제자의 수가 수입과 세력의 척도다. 어떤 능력 좋은 이들은 사립학교들의 가정환경 조사서까지 뒤진다. 그리고 나선 성적 좋은 부잣집 아이들을 제자로 만들려고 아이의 적성과 관심은 생각지도 않고 학부모들에게 허황된 풀무질을 해댄다. 그럴 때 난 이렇게 말했다.

"글쎄, 웬만하면 전공시키지 마세요. 정말 자신이 하고 싶다고 몸부림치기 전에는."

그리고 피식 혼자 웃으며 속으로 생각했다. '역사는 되풀이 된다!'

그러면서 점점 세월이 흘러 그때의 아버지의 나이와 비슷해져 가면서 새삼스레 느껴지는 것들이 생겼다. 당연한 '나의 일'이라고 생각해서 한 일에 누군가에게 깍듯하게 '고맙다' 인사를 받으면서 나도 그 서운함을 맛 본 것이다.

그때 깨달았다. 그저 깍듯한 인사 안에는 친구도 가족도 없고 '나, 이 정도로 예의바른 사람이에요'라고 말하는 손님밖엔 없음을….

그때 내가 받았어야 하는 것은 단순히 두둑한 용돈이 아니라 기가 세고 똑똑하기까지 한 부잣집 아이들 사이에서 기 죽지 말아 주었으면 하는 아버지의 마음이었다. 난 그때 고맙다는 형식 대신 구김살 없이 방긋 웃으면서 아빠의 주머니를 더 강탈하는 효도를 해 드렸어야 했다.

"역시 울 아빠 최고!! 근데 아버지~~~ 용돈 줄 토끼 없으면 돈 벌 재미도 없죠? 조금만 더요. 예?" 이러면서 말이다.

아이를 마음으로 기르는 것 같은 정말 중요한 일엔 고맙다는 말도 부피가 너무 얇다.

이 중요한 공부를 그때 아버지가 이미 시켜주신 듯싶다.

이제 아버지가 의사가운 대신 입게 된 환자복엔 내가 애교부리며 강탈할 수 있는 주머니는 없다. 그 자존심만 강한 헛똑똑이 아버지는 현재 치매에 반신불수로 누워 계신다.

이제 이분이 이렇게 가시고 나면 나한테 무조건 무엇인가를 주고 싶어 하는 사람은 지구상엔 단 한 명도 남지 않게 된다. 그러기에 더욱더 고맙단 말을 해서는 안 된다. 나에게는 이 세상에 한 분 뿐인 정직, 자연주의, 요령부득 이 선생님을 다시 한 번 섭섭하게 해드릴 순 없다. 그래서 난 오늘 먼 산 바라보며 이렇게 혼잣말 한다.

'설악산아, 금강산아, 기암괴석에 삐뚤삐뚤 반듯하지 않아서 고마워요!'

앞으로 넘어져도 입만 다칠 것 같을 정도였으면 교정을 해주시지. 키스하기도 어려울 정도로 보였다는데 말입니다. 하하하~ 그 아버지에 그 딸의 사연. 시작은 재미있고 끝은 찡했습니다.

하하~ 전 솔직히 어려서인지 글이 이해가 안가는 부분이 조금 있는데요. 그래도 교정하면 돈 벌 수 있는데 일부러인위적이라고 안 하시는 아버지가 좋으시고 존경스런 분이네요.

내가 좋아하는 글~. 역시나, 마음에 표적을 남기네요.

글을 읽으면 늘 뭔가 다른 향기가 느껴집니다. 부러워요.

지은이 이영아(필명 은휘)

1969년생, 무규칙 퓨전 예술가 | 2003년 명상입문

3~4년 전까지는 나라의 녹을 먹는 양음악 담당 교향곡 전문 궁중 악사였으며, 무심하게 아이들을 사랑한 음악 선생님이기도 했습니다. 명상학교를 만나게 되고 그 후 궁중 아니 직장에서 자유롭게 된 이후 숨 쉬는 수련과 명상을 통해 나 자신이 진정 원하는 것이 무엇인지 알아가면서 이전의 삶보다 훨씬 건강한 육체와 정신으로 나 자신을 리모델링하면서 살아가고 있습니다. 미국, 부산, 남아프리카공화국에 거주한 적이 있으며 현재는 아프신 아버지와 함께 엄마, 강아지 아롱이 그리고 나 이렇게 네 식구 함께 서울에서 행복하게 살고 있습니다.

박하사탕

행복을 굽는 매장

첫 자전거 여행

사랑의 춤

어디 아프세요?

내 삶의 카모메 식당

이화에 월백하고

지금 이순간이
소중하고
감 사 하 기 에

깊은 절망과 어둠은 언제나 희망의 빛과 함께 그 모습을 드러낸다.
단지 희망이란 빛이 희미해서 나중에 보이는 것처럼 느껴질 뿐.

박하사탕

아침 8시 15분. 오늘도 조금 일찍 도착해 출근 도장을 찍는다.

바다를 낀 시골 마을. 노인들이 많아서 마을 청년회의 평균 연령이 60~70대인, 시내에서 한 시간은 족히 걸리는 면 보건지소가 나의 일터이다. 늘 근무시간보다 훨씬 일찍 오지만 도착하면 할머니, 할아버지들이 옹기종기 문 앞에서 나를 기다리고 계신다.

"할머니 천천히 오셔도 돼요. 이렇게 추운데 떨고 계시면 어떡해요."

괜히 마음에 찔려서 할머니께 심술이다. 그러면 늘 한결같이 같은 대답.

"그래, 내 다음부턴 늦게 오께. 도통 늙으면 새벽에 잠이 있어야 말이제."

도리어 미안해하시며 주름으로 얼굴 가득 채우시며 웃으신다. 나이가 들면서 사람을 담는 그릇이 넓어져서인지 모두 서로가 많이 닮으셨다. 심지어 할머니와 할아버지, 성에 상관없이 얼굴은 닮으신 것 같다.^^

발령 받은 지 1년이 다 되어가지만 이제 겨우 매달 약 타러 오시는 할머니 할아버지의 얼굴과 이름을 대충 외우게 되었다. 그리고 이곳 어르신들이 무척 싫어하시는 것 두 가지를 알게 되었다. 하나는 병원 가야하니 자녀들에게 연락하라는 것과 나머지 하나는 당신 이름을 여쭙는 것이다. 자주 오는 당신을 기억 못하시는 것을 참 섭섭해 하신다. 연세가 드시면 '섭섭 바이러스'에 더 잘 감염된다고 했던가?

처음엔 뭐 그런 걸로 화내시나 의아했었다. '1:익명의 다수'라는 극히 개인적인 마인드가 몸에 베여 있고 '타인에 대한 관심 결핍증'까지 앓고 있으니 죄책감은 거의 없었다. 그저 대면하는 순간 친절하면 그뿐이었다. 그런데 시간이 좀 지나다보니 명절 때나 보는 자식보다 더 자주 보는 사람이 이름 하나쯤은 기억해 주길 바라는 마음은 어쩌면 당연한 것이었다. 몇 번 치명적인(?!) 실수를 하고 실망하시는 것을 본 후부터는 잘 기억나지 않으면 일단 최대한 이야기를 많이 하며 시간을 끄는 잔머리가 생겼다.^^;

이렇게 보건지소 주변 몇 개 마을에서 찾아오시는 어른들을 만나게 되고 혼자 계시는 독거노인 분들을 방문하면서 유독 마음이 쓰이는 몇 분이 생기게 되었다.

마음이 쓰이는 이유는 단지 병이 중하다거나 혼자 사신다는 이유만은 아니었다. 지구에 태어나 사는 사람치고 사연이 없고 한이 없는 분들이 계시겠느냐만 그 중 몇 분들은 살아온 삶을 단지 비관이나 후회만으로 살고 계시지는 않으시기 때문인 것 같다. 그 중 한분이 강 할아버지다.

엔도르핀이 다량 분비되는 '감사'
우주에서 가장 좋아하는 인간의 감정인 '감사'
어쩌면 감사하는 마음이란
좋은 일뿐 아니라 그렇지 않은 곳에 더욱 요긴하게 쓰라고 주신
조물주님의 선물인지도 모른다.

198

처음 이분을 선임자로부터 인계를 받고 집을 방문 했을 때가 기억난다. 집 주소를 보고 찾아 갔을 때 여느 독거노인의 집과 달라 고개를 갸우뚱했다. 분명 두 내외분만 사신다고 들었는데….

지은 지 얼마 안 되어 보이는 신식 이층 벽돌집이었다. 한눈에 봐도 가족이 함께 사는 마을 이장이나 유지의 집쯤으로 보였다. 현관문을 두드리자 중년의 남자가 나왔다.

"강○○님 계십니까? 방문 진료 왔는데요." 무심히 듣더니 손끝으로 담벼락 쪽을 가리켰다.

"저쪽 문으로 가보세요."라고 하고는 쌩~들어간다. 가리킨 곳을 보니 옛날 집에 있던 행랑채 비슷한 곳을 판자로 댄 문이 보였다.

'담배' 라고 적힌 나무문을 열고 들어가니 형광등이 없어 한낮에도 어둡고 추운 부엌이 나왔다. 조금 더 들어가니 창문만한 방문이 보였다. 아마 담배를 떼다 파시며 생활을 이어가시는 것처럼 보였다.

할아버지를 몇 번 부르자 방문이 열리면서 누워계신 하얀 할아버지 얼굴이 보였다. 눈은 백내장으로 많이 상하셨지만 정신은 맑으셨고 말도 또박또박 하셨다. 머리 위에는 조금 전에 보던 신문이 놓여 있었다. 방문 진료 왔다니 연신 반가워하시며 못 일어나서 미안하다고 하신다.

연탄을 쓰는 방이었지만 다행히 따뜻했다. 나는 이런저런 이야기를 나누다 혈압을 재드리러 방으로 들어가기를 시도했다. 작은 문으로 최대한 웅크리고 들어갔는데 금방 다시 나올 수밖에 없었다. 방이 너무 좁아 내가 들어가 앉으면 두 분이 누워 계실 수 없게 되어서였다.

할머니는 할아버지 병간호를 하시다가 얼마 전 어두운 부엌에서 넘어져 얼굴을 다치셨다고 한다. 얼굴엔 반창고를 크게 붙이셨지만 너무 선하신 얼굴이다. 혈압하고 당뇨 수치가 정상이라는 말 한마디에 다시 함박웃음이시다. 방 입구에서 할아버지 팔만 빌려 혈압을 어정쩡한 자세로 재어 드렸다. 이 모습이 재미있으셨는지 할머니가 연신 방긋하시며 까만 봉지를 주섬주섬 주신다.

"담배만 팔아서 줄건 없어. 한 달에 한 번 보건소 처자들 오면 줄려고 전에 영감이 따로 담아뒀지." 하신다.

"할머니 뭔지 몰라도 안 주셔도 되요. 다음 달에 또 찾아올게요…"

하며 나오려는데 할머니가 입구에 누워계시는 할아버지 옆구리를 찌르시며 어서 건네주라며 성화시다. 어둡고 고통스러워하는 다른 분들을 뵙다가 외롭고 힘든 내색은 전혀 찾아 볼 수 없었던 두 분의 온화한 모습이 그날 내내 참 인상적이었다. 어떻게 이렇게 지내시며 저런 웃음을 지으시는지 신기할 정도였다.

그 후 그 마을 담당 자원 봉사자에게 강 할아버지 이야기를 들을 수 있었다. 큰집에 살던 중년 남자는 양아들이고 다른 자녀는 없으셨다. 살림은 부족하지 않게 사셨는데 할아버지가 월남 전쟁 때 다리를 다치셔서 못 걷게 되면서 행랑채로 내려오시게 되셨다고 한다.

거두어 키운 양아들이 이젠 노부부를 모른 체 한다고 마을에서도 꽤 미움을 받는 모양이었다. 정작 할아버지 할머니는 끝까지 아들에게 짐이 안 되려고 판자로 만든 행랑채에서 조금씩 담배를 팔아 생활하시고 계신 것이다.

대부분 사람들이 이런 상황이면 자신의 처지를 한탄하고 양아들을 원망할 텐데 강 할아버지 부부는 오히려 그것을 감사의 대상으로 여기신다. 그렇게라도 아들이 자신들을 버리지 않고 옆에 살아줘서 든든하고, 간간이 담배를 팔아 그 나이에도 용돈을 벌 수 있다는 사실에 만족하며 부러울 것 없이 사신다고 했다.

엔도르핀이 다량 분비되는 '감사'. 우주에서 가장 좋아하는 인간의 감정인 '감사'.

어쩌면 감사하는 마음이란 좋은 일뿐 아니라 그렇지 않은 곳에 더욱 요긴하게 쓰라고 주신 조물주님의 선물일지도 모른다. 연세가 80이 넘으시고 고혈압에 걷지도 못하시지만 맑은 정신으로 정정하게 사시는 비결을 알 것도 같았다.

그날 방문을 마치고 돌아와 야무지게 묶인 까만 봉지를 열어보니…. 박하사탕이다.

아랫목에서 마음 놓고 몸을 녹여서인지 엉겨 붙어 있다. 나는 한 달분 약을 전해 드리고 할아버지께 한 달 치 박하사탕을 처방받았다. 하나 떼서 입에 넣으니 싸하고 달콤한 박하향에 마음까지 시원해진다.

지구에 태어나 사연 많고 한 많은 삶이라는 단어가 가슴 찡하게 울려오네요. 그런 사연을 담고 있는 어른들이시지만 그래도 밝은 모습을 잃지 않음이 엿보이네요. 박하사탕의 향기가 여기까지 전해옵니다.

한편의 베스트극장을 본 것 같습니다. 아름다운 노년이시네요.

양아들이 동네에서 미움을 살만 하네요. 인간의 도리와 하늘의 도리를 생각하게 합니다.

코끝이 찡한 것이 괜스레 마음이 짠해지는 글. 잔잔하게 써 내려간 글 솜씨에 감동을 받았나 보네요. 저도 박하사탕을 제일로 좋아하는데 코가 뻥 뚫리고 속이 시원해지는 맛이 그만이지요. 파이팅입니다.

마음이 훈훈해지는 글을 읽으니 평소 천진난만하고 따뜻하게 웃으시는 혜정님의 얼굴이 생각납니다.

지은이 김혜정

1980년생, 보건소 간호사 | 2005년 명상입문

6년차 된 간호사입니다.
어린 시절부터 아프신 어머니와 할머니를 보아서인지 삶과 죽음에 대해 생각하는 시간이 많았습니다. 사는 이유, 죽는 이유, 사사롭게는 살며 겪는 다양한 일에 대한 궁금증이 무척 커졌을 때 명상을 만났습니다.
그리고 명상 학교에서 제가 궁금하게 여기던 것들을 들을 수 있었습니다.
부족하지만 명상을 통해 배운 '선한 삶'을 살 수 있도록 노력하고 있습니다.

행복을 굽는 매장

"맛있는 냄새가 나네요~"

은행에 업무상 잔돈을 바꾸러 갔을 때 여직원의 첫 인사였다.

"번 냄새가 나요."

번이라 함은 로티 번을 말하는데, 커피와 함께 먹는 둥글납작한 빵의 일종이다.

그렇다. 나의 직업은 바리스타이며 커피전문점에서 일을 하고 있다.^^

커피뿐 아니라 음료와 차, 그리고 맛있는 빵도 파는 작고 아담한 곳이다. 사실 직장을 구하기 전, 나는 열심히 기도를 드렸었다. 가라앉을 때나 들떠 있을 때나 맑을 때나 탁할 때나…. 나의 바람이 하늘로 퐁퐁퐁 전달이 되도록~

그래서일까? 하늘은 나의 기도를 들어주셨다. 사실 서비스직 치고 소위 사무실 시간대인 9시~6시 근무에 일요일 휴무인 곳이 많지 않은데 그러한 곳에 세 군데나 면접을 볼 수 있는 기회를 얻은 것이다. 그 중 한 곳이 바로 내가 일을 하고 있는 곳이다. 부부가 운영을 하시는데 나이가 어머니 아버지 나이랑 비슷하시다.

'헉! 두 사장님을 모시고 일을 해야 하다니!! 내가 과연 잘할 수 있을까?'

처음의 염려하는 마음과는 다르게 두 분은 투박하신 말투와는 달리 비둘기가 오는 시간에 맞춰 빵가루를 뿌려 주시는, 마음은 아주 따뜻하신 분이셨다. 감사하게도 나는 이곳에서 많은 것을 배우고 있다.

첫 번째는 사람들에 대한 '관심'이다. 이곳 사장님, 사모님은 말투가 투박한 편인데도 오픈한 지 7개월밖에 안 된 매장치곤 단골손님이 많았다. 바로 고객에 대한 '관심'이 있었던 까닭이다. 손님들도 말투 너머로 따뜻한 온정이 있는 마음을 보았나보다. 내가 느낀 것처럼.

사장님께선 손님들이 언제 자주 오는지, 무엇을 잘 드시는지를 대부분 기억하고 계셨다. 때론 직업까지도.

"저 손님은 토요일마다 호박 라떼를 드시러 오셔."

"저 손님은 헬스 강사인데 체대를 나왔어."

"저 손님은 이틀에 한 번씩 오는데 시럽을 안 넣으셔."

평소 사람들에 대해 무관심으로 일관했던 나. 열렬히 마음이 맞는 친구를 원하면서도 방어벽을 치며 혼자 있던 나. 때론 사람들이 두렵고 무서워 피하고 싶던 나. 이런 나는 사라져야 했다.

마음을 활짝 열어놓고, 미소를 지으며 따뜻하게 맞아줄 수 있는 나여야 한다. 사람들에게 애정 어린 관심을 갖고 즐겁게 웃으며 반기는, 그런 행복한 공부가 나를 기다리고 있었다. 오늘도 사장님한테 '서비스'에 대한 강의를 15분가량은 들은 것 같다. 사람들은 누구나 자신이 특별한 존재로 인식되길 원하며 그러기에 최상의 서비스는 관심이라고 하셨다.

점심시간에 손님들이 와르르 몰려오는 바람에 정신없이 바쁠 때는 잘 웃어지지가 않고 표정 관리가 안 될 때도 있지만 대부분 웃으며 친절하도록 노력 중이다. 매일매일 노력한다면 언젠가는 환한 웃음이 자연스러운 내가 되지 않을까? 따뜻한 마음을 자연스럽게 전달하는 나이고 싶다. 더 따뜻해지고 싶다.

두 번째는, '책임감'이다. 우연인진 모르겠지만 7개월 동안 이곳에 직원이 몇 있었는데 거의 다 안 좋게 그만두었다. 첫 번째 남자직원은 툭하면 술 마시고 안 나오고, 두 번째 여자직원은 일도 잘하고 손님들한테도 잘했는데, 매일 5분, 10분, 30분 지각하고 무단결석 두 번에 일주일 동안 잠수. 사장님들께서 많이 애를 태우신 모양이다. 요즘 젊은이들은 왜 그러냐고 하시면서….

허나 그들의 모습이 불과 얼마 전까지의 내 모습과 크게 다를 바가 없었다. 내게 있어 책임감이란 친구는 한동안 가출을 했다가 1년 전부터 슬슬 제자리로 돌아오고 있으니 말이다. 그러한 피해를 입으시며 사람이 아무리 일을 잘해도 '기본'이 중요함을 강조하시는 모습에 책임감 있게 일해야 한다는 생각이 절로 들었다. 기본적인 예의와 배려의 중요함

아직 많이 모자라기에
이 모든 배움이 온전히 내 것이 되기까지는
분명 일정 기간의 시간이 소요될 것이다.
삶의 여정에서 어떤 상황에서건,
환한 웃음과 여유를 지니는 따뜻한 내 모습을 상상해본다.

을 다시 한 번 배우고 있다.

세 번째는 '일관성'이다. 왔다 갔다 하지 않는 것.^^

실은 수년 전 내가 마음이 하루에도 열두 번 이상 변하던 시절이 있었다. 그땐 왜 그랬는지, 고치려고 많은 노력을 했고 많이 개선되었다고 생각했는데 아직 뿌리 뽑히지가 않았는지…. 그러한 부분에 대한 터치가 있었다. 여러 일들이 있지만, 주문을 받을 때의 예를 한두 가지 들자면, 간혹 고객 분께서 주문하신 메뉴를 계속 바꿀 때가 있다.

"아메리카노 하나, 카라멜 마끼아또 하나요."

보통 주문을 받음과 동시에 마음속으론 음료 만들 준비도 진행된다. 주문을 받고 계산을 하려 하니,

"아니, 그냥 카라멜 마끼아또 두 개 주세요."

그래서 포스에 주문 받은 음료를 수정하고 다시 계산하려 하면,

"잠시만요. 저, 근데 녹차라떼는 맛있나요?"

"…"

결국 그분은 녹차라떼와 캬라멜 마끼아또를 사 가셨다는…. 한번은 이런 경우도 있었다. 아이스커피가 들어와서 신속하게 음료를 만드니,

"어! 벌써 다 만드셨나요? 카페라떼가 더 먹고 싶은데…."

허걱! 음료를 만드는 고새 마음이 바뀌신 것이다.

물론, 이런 일은 가끔 있는 일이긴 하지만 그럴 때면 하늘이 나에게 고쳐지지 않는 부분을 다듬어 주시려고 이렇게 당하게(?) 하시며 '사람

이 일관성이 있다는 것이 얼마나 중요한지를 깨닫게 하시는구나!' 하고 생각한다. 나의 예전의 갈대 같던 마음에 비하면 양호한 지라 그저 묵묵히 받을 뿐.^^;

아직 일을 시작한 지 2주가 채 안 되었는데 적응하는 단계라 힘이 들 때도 있지만, 점점 이곳이 좋아지고 있다. 요 며칠 크림을 돌돌 말아 올려서 직접 빵도 구워 봤는데 오븐에 구워지는 빵을 보면 빵들이 하나의 생명체가 되어 살아나는 것 같기도 하다. 나의 손길을 거치며 태어나는 빵은 어쩐지 더 사랑스럽고 애정이 간다.

미친 듯이(?) 일을 하던 전 매장에서 벗어나 옮긴 이곳 매장은 사람답게 일한다는 생각이 든다. 바쁠 땐 바쁘지만 한가할 땐 책을 읽거나 음악을 들을 수 있는 여유도 있다. 음악 프로그램에서 좋아하는 음악을 들을 수도 있고, 동영상으로 '라떼아트'를 공부할 수 있는 시간도 주어진다. 아마 이곳에서 일을 하며 나는 점점 더 사람다운 사람이 될 것 같다.

그 외에도 알뜰함, 꼼꼼함 등 배우고 있는 부분이 많지만 아직 많이 모자라기에 이 모든 배움이 온전히 내 것이 되기까지는 분명 일정 기간의 시간이 소요될 것이다.

삶의 여정에서 어떤 상황에서건, 환한 웃음과 여유를 지니는 따뜻한 내 모습을 상상해본다. 나의 웃음이, 나의 맑음이, 나의 밝음이, 나의 따뜻함이 사람들을 적시고 주변을 적셔서 내가 있는 그 자리에서 삶의 향기를 전하는 이가 되고 싶다.

행복한 모습이 느껴진답니다. 행복을 많이 구워내세요.

맛있는 빵 냄새가 솔솔 나는 듯. 재미있는 글 잘 읽었습니다.

바리스타! 무척 잘 어울리실 것 같아요.^^ 유니폼도 잘 맞을 것 같고~ 언제 놀러가고 싶네요.

나도 '번' 먹고 싶다~ㅋㅋ

지은이 김지영

1982년생, 바리스타 | 2004년 명상입문

명상을 시작한 지 4년이 넘었지만, 이제야 '삶'에 대해 진지하게 생각하며
제대로 된 삶에 대해 연구하고 있습니다.^^
명상을 만난 것은 정말 큰 행운입니다. 명상이 아니었다면, 나의 큰 단점들
을 어떻게 바로 볼 수 있을 것이며 어떻게 고칠 생각을 했을까요? 여러 배움
의 기회를 주심에 깊이 감사드립니다.
부족하기에 더 많이 노력하며, 세상과 사람들과 깊이 소통하길 바랍니다. 인
도해주시는 길을 걸으며 아름답게 살다 갈 수 있는 사람이고 싶습니다.

첫 자전거 여행

끝을 알 수 없는 길이 계속 되고 있었다. 주위는 온통 어둠으로 뒤덮여 있었고 멀리서 흔들거리는 불빛은 꺼져가는 등불처럼 희미했다. 온몸 구석구석으로 밀려드는 3월의 추위는, 나의 몸과 마음을 점점 얼어붙게 만들고 있었다.

대학교 입학이 결정되고, 번뜩이는 아이디어가 떠올랐다. 입학 전 3일간 자전거로 달려 입학식에 참가한다면, 세상에서 가장 멋진 추억 중의 하나가 될 듯했다. 그것도 무전여행으로…. 혹시라도 잘못될까 걱정하실 아버지껜, 자전거는 기차로 실어 보내고 저도 조금 일찍 가겠다고만 말씀드렸다.

평소 애지중지하던 클래식 기타 한 대와, 전국 도로 지도, 그리고 옷가지들을 챙겨 자전거에 올랐다. 부산에서 서울까지 국도로 약 500km! 온갖 부푼 꿈과 희망으로 시작한 하이킹은 처음부터 난관에 부딪혔다. 남에서 북으로 이어지는 오르막길, 밤낮의 극심한 기온 차, 갈증과 허기, 거기에 체력의 한계까지. 내가 생각했던 아름답고 감동적인 자전거

여행은 그 어디에도 없었다.

　겨우 하루를 넘기고 둘째 날. 대구에서 출발해 대전까지를 목표로 세웠지만, 터무니없는 계획이었다. 옥천 경계를 넘을 때쯤, 벌써 해는 지고 주위는 온통 캄캄했다. 밤 10시가 넘어 겨우 발견한 마을 슈퍼에서, 초코바와 우유하나를 사서 먹었다. 이미 지칠 대로 지쳐 더 이상 가다간 탈진해서 쓰러질 것만 같았다.

　약국 문을 열고 사정을 얘기하며 하룻밤 묵어갈 수 있는지를 물었지만, 허사였다. 처음 보는 사람을 그것도 이렇게 늦은 시간에, 집안으로 들일 사람이 누가 있겠는가?

　'당연해, 부탁한 내가 잘못한 거야' 그나마 근처 경찰서가 있으니 가보라는 얘기에 희망을 갖고 문을 나왔다. 추위에 계속 떨리는 몸을 진정시키며 경찰서 문을 열었다.

　"하이킹하고 있는데 하룻밤만 재워주시면 안 될까요?"

　"누구? 이 동네 사람인가?"

　"아뇨, 부산에서 왔는데요."

　"여기는 총 같은 것도 있고 위험해서 안 돼. 다른 데 가서 알아봐."

　"밖이 너무 추워서 그러는데, 그리고 총 있어도 상관없는데요."

　"그게 아니고…. 총 가져가면 어떻게 해? 안 돼. 다른 데 가봐!"

　갑자기 기분이 이상했다. 내가 위험한 사람이란 얘기에. 지금 이순간 이곳에서 나는 철저하게 혼자란 생각이 들었다. 온갖 감정들이 교차하면서 머리가 멍해졌다. 아무런 생각이 들지 않았다. 애원하듯 다시 부탁하였다.

"저 지금 너무 춥고 힘들어서 이대로 가면 어떻게 될지 모르겠어요. 그러니 제발 좀 재워주세요. 여기, 소파에서 잘게요. 무기고 있는 곳은 얼씬도 하지 않을게요. 네?"

소용없었다. 허튼소리 말고 여기서 빨리 나가라는 말에, 너무 서럽게 느껴져 눈물이 나왔다. 혹시나 마음이 약해져 따라나오려나 싶어 뒤를 돌아봤지만, 차갑게 닫힌 문은 더 이상 움직이지 않았다. 눈물이 흘렀다. 온종일 땀을 흘리고 물도 제대로 마시지 못했는데, 어디에서 이렇게 많은 눈물이 나는지.

'그래, 설마 죽기야 하겠어? 밤새 한번 달려보자!' 흐르는 눈물을 훔치고 다시 자전거에 올랐다. 하지만 몸은 더 이상 내 말을 듣지 않았다. 이대로 가다간 정말 얼어 죽을 것만 같았다. 다 죽어갈 것 같은 몸을 겨우겨우 추슬러 길을 가는데, 저만치 불빛 하나가 반짝였다. 주유소였다. 다시금 희망이 뭉게뭉게 피어났다. 어디에서 힘이 났는지 빠르게 페달을 밟아 주유소 앞에 도착했다.

"저, 하이킹하는 학생인데요, 너무 추워서 그러는데 여기서 몸 좀 녹이고 가면 안 될까요?"

"아! 밖이 상당히 추울 텐데. 여기 앉아서 몸 좀 녹여요."

"정말요? 정말 감사합니다."

처음으로 맞아주는 환대에 쏟아져 나오려는 눈물을 겨우 참았다. 몸을 녹이며 몇 마디 얘기를 주고받고 나서 재워줄 수 있는지를 물어보았다. 하지만 역시나, 돌아오는 대답은 똑같았다. 오히려 사장님이 오시면 큰일 나니 빨리 나가라는 것이었다. '이번에도 똑같구나. 어쩔 수 없지. 몸만 녹이고 가야겠다'

갑자기 침울해진 내가 너무 안쓰러워 보였을까? 남아있는 눈물자국에 마음이 움직인 것일까? 그는 꼬깃꼬깃 구겨진 3만 원을 바지주머니에서 꺼내 내게 건넸다.

"여기서 조금만 더 가면 여관이 있어요. 거기 가서 자요. 힘들게 여행하는데 잠은 잘 자야죠. 여관비는 이 정도면 될 거예요."

"아뇨. 전 그냥 여기서 불만 좀 쬐다 가면 되요. 괜찮아요."

"받아요. 여관에 가서 따뜻하게 자요."

그저 감사하단 말밖엔 할 수가 없었다. 얼마나 많은 눈물을 흘렸을까?

그는 내게, 빨리 가서 따뜻하게 자라는 얘기만 계속했다. 너무 고마워서 발이 떨어지지 않았다. 그런 나를, 그는 문까지 열어주며 따뜻하게 배웅해주었다. 다시 자전거에 오르며 눈물은 마르고 몸은 찬바람에 떨렸지만 마음만은 그 어느 때보다 포근했다. 그날 밤, 깊은 산 속 어느 이름 모를 마을의 한 여관에서 나는 내 생에서 가장 달콤한 꿈을 꿀 수 있었다.

고3 때, 1시간 정도를 자전거로 통학하며 시작된 나의 자전거여행은 대학생활을 거쳐 군대시절까지 계속되었다. 남들과 다른 가정환경, 충족되지 못한 부모님의 사랑, 그 어디에도 발견할 수 없는 내 자신의 존재.

무기력한 나의 운명 앞에, 나는 지고 싶지 않아서일까? 무작정 달렸다. 그 속에서 내가 만나고 싶었던 것은 과연 무엇이었을까?

이제 그때의 기억들은 아주 오래된 낙엽처럼 나의 낡은 사진첩과 가슴 한편에 깊이 묻혀 있다. 지금 다시 하겠냐고 물어본다면 절대 아니라고 대답하겠지만 아마 다시 태어나 그때 그 나이가 되었을 때, 난 또다시 자전거를 타고, 옥천의 한 산등성이를 넘고 있을 것이다.

아마 그때부터였던 것 같다. 내 속에 하나의 깨달음이 자리 잡기 시작한 건. 그건 바로, '희망을 잃지 말라' 는 메시지다. 언제나 깊은 절망과 어둠은, 희미한 희망의 빛과 함께 우리 앞에 모습을 드러낸다. 다만, 희망이란 빛이 너무 희미해서 나중에 보이는 것처럼 느껴질 뿐이다. 오늘도 신은 내게 어둠을 보여주며 묻고 있다.

"여기서 그만 끝내고 싶은가?"

"아뇨, 그럴 순 없어요. 조금만 더 가보면, 조금만 더….”

"그럼 조금만 더 가 보거라. 네가 날 버리지 않는 한, 나도 널 버리지 않을 테니까.”

 지금 너무 푸근하고 사람 좋아 보이셔서 얼른 재워줄 것 같은데요. 다시 가보시면 어떨까요?^^

 감동을 주는 건 '마음 한 조각'이라는 말씀이 얼른 생각나게 하는 훈훈한 사연 잘 읽었습니다. "네가 날 버리지 않는 한, 나도 널 버리지 않을 테니까⋯." 여운이 오래 가네요.

 선배님의 기타소리, 전에 잠깐 들었었지만 깊은 울림이 느껴졌는데, 그때 재워주지 않아 그랬었던 거였군요. 사실 언젠가 기타소리가 참 좋다고 얘기하려 했는데 이 자리를 빌려 말씀드립니다.

 멋진 추억과 글입니다. 비록 시작은 무모하게도 보였지만, 그래서인지 더 깊고 값어치가 있는 여행이었네요. 선배님의 밝으면서 엉뚱함이 느껴지는 글입니다.

 그래서 진짜로 부산에서 서울까지 자전거로 오신 거예요? 추운 겨울에, 그것도 무전여행이라⋯. 와! 그 용기가 지금의 모습을 만들었군요! 어둠이 깊을수록 새벽이 가깝다는 증거 같습니다.

지은이 권성진

1979년생, 회사원 | 2003년 명상입문

고교시절부터 단전호흡에 관심을 가지게 된 나는, 제대로 된 단전호흡을 배우기 위해 여기저기를 기웃거리다 25살이 되어서야 마침내 수선재를 알게 되었다. 단전호흡의 요령만 배워 나갈 생각이었지만, 이곳의 말씀과 기운에 완전히 매료당해 버렸다. 인생의 길 자체가 굴곡이 심하지만 수련의 길에 들면 그 굴곡이 더 심해지기도 한다. 덕분에, 좌충우돌의 방황기를 거치며 7년째 수련을 해오고 있다.

난 지극히 평범한 사람이다. 평범하다 못해 오히려 남들보다 좀 모자란 사람이다. 그런데 나의 가정사는 그리 평범하지 못하다. 가슴에 상처 하나쯤 없는 사람은 없겠지만, 그 상처를 스스로 치유할 수 있는 이는 많지 않다. 그저 상처를 가슴에 안고 살아갈 뿐이다.

처음엔 그렇게 생각했다. 그저 내가 안은 상처들을 안으로 삭이며 그렇게 스스로를 위로하며 살아가는 거라고….

난 이곳에서, 상처를 치유하는 법을 배웠다. 결코 아물지 않을 것 같던 상처들이 하나 둘 치료되고, 아물어 가고 있다. 그것을 배우는데, 7년이란 시간이 걸렸다. 이제는 내가 배운 이 치료법을 다른 이에게도 알려주고 싶다. 비록 아직 배워야 할 것이 많고 너무나 모자라지만, 이 글을 통해 조금이나마 마음의 상처들이 치유될 수 있기를 바란다.

명상을 통해, 나는 매일 기적을 볼 수 있다. 사람들의 상처가 치유되고 변화되는 기적을…. 그리고 나와 같은 수백 명의 이들이 그런 기적을 만들어 가고 있다. 이 기적의 끝에 기다리고 있을 또 다른 기적이 나를 설레게 한다. 함께 해주시는 모든 분들에게 너무나 고맙고 감사할 뿐이다.

사랑의 춤

여러분들은 울적할 때 어떤 행동을 하세요? 저는 울적하거나 자신이 무척 자랑스러울 때 스스로 몸을 주물럭주물럭, 비비적비비적 거리며 마사지를 해준답니다. 위로를 해주거나 포상을 해주는 거지요! 하하하!

어느 날 기분 좋게 마사지를 시작했는데 내 몸 어딘가에서 슬픔이 퐁퐁 올라옵니다.

'어, 왜 이러지? 아…. 슬프다!' 눈물이 한두 방울 떨어지더니 급기야는 꺼억꺼억 목놓아 우는 신세가 되어버렸습니다. 무엇이 그리 슬펐냐고요?

제게는 유난을 떨며 집착을 하는 단어가 있답니다. 변치 않는 믿음, 변치 않는 사랑, 변치 않는, 변치 않는…. 명상을 하면서 우주의 진리는 변하는 것이라는 것. 그리고 사람도 당연히 변하는 것이라는 것. 그래서 마음도 당연히 변하고 움직인다는 것!

이 사실을 알게 되었을 때 얼마나 큰 충격에 휩싸였는지 모른답니다. 전 이 세상 어딘가에 있을 변치 않는 무언가를 지독히도 꿈꾸고 동경하거든요. 사실 그 마음 때문에 명상을 시작하게 된 것이 아닌가 싶기도 해요. 다시 그때로 돌아가서 목놓아 펑펑 울고 난 다음 날, 아침에 눈을 떴는데 처음 든 느낌이, '슬프다. 외롭다…' 였어요.

그래서 그 실체를 찾아 들어가 보았더니 그 안에 스스로에 대한 실망의 상처가 있더군요. 사람이 태어나서 만나고 헤어지고, 또 만나고. 저역시 30년 남짓 살아오며 많이도 만나고, 또 헤어지고, 또 만나고…. 그랬지요.

아까 제가 변하지 않음에 대한 집착이 있다고 말씀드렸던 것 기억하시나요? 그런데 다 변해버렸던 거지요. 변하지 않도록 지켜내지 못했던 거예요. 그래서 저는 모두 실패했다고 생각하고 있었나 봐요.

'난 실패자다! 난 사랑의 실패자다!! 난 사랑을 지켜낼 수 없는 엄청난 결함을 가진 인간이다!!!'

의학적으로 사랑의 유효기간이 2년 6개월이라고 한다지만, 저는 변치 않는 마음이 있으리라고 생각을 했거든요. 그런데 그 모든 것들을 지켜내지 못한 자신이 참 실망스러웠어요. 그런 스스로가 용납되지 않았지요.

슬프게 멍~하니 앉아 있는데 창문너머 바람이 쉬이익~ 불어옵니다. 언젠가 이런 온도의, 이런 촉감의 바람을 맞아본 적이 있는 것 같아요. 갑자기 방안이 그때의 거리로 함께 했던 사람들로 그때의 웃음, 감촉, 향기로 가득 찼어요. 왠지 그때로 돌아간 것 같아 웃음이 배시시 나옵니다.

문득 예전의 그들을 한 명 한 명 초대해 못했던 이야기를 나누고 싶다는 생각이 들었어요. 그래서 부스스 일어나 한 명 한 명 불러내 춤을 추

사랑에 실패는 없다.
그 하나하나의 과정 속에서
서로 많이 사랑했고, 많이 나누었고, 지켜주었고, 즐거웠기 때문에.
그 모든 하나하나의 시간들이 다 사랑이었던 것!

었지요. 하하⋯. 좀 이상한가요? 어쨌든 한 명 한 명 불러오기 시작했습니다. 그래서 그들과 춤을 추다보니 문득 이런 생각이 나더군요. 실패란 것은 없다!

그 하나하나의 과정 속에서 서로 많이 사랑했고 많이 나누었고, 지켜주었고, 즐거웠기 때문에. 그 모든 하나하나의 시간들이 다 사랑이었던 것! 그 자체로 완성이구나! 그래서 지금은 어떠냐고요?

그런 이들이 있었다는 것. 그리고 지금도 어딘가에 살아 있다는 것. 나의 18살에, 23살에, 26살의 설레고 즐거웠던 기억들이 어딘가의 바람에 햇살에 묻어 있다는 것에 아주 많이 감사하지요! 실패를 많이 한 것이 아니고 아름다운 기억들을 많이 가지고 있는 것이라는 것도 알게 되었고요. 제가 알아낸 중요한 사실이 있는데⋯.

한 가지 변하지 않는 것이 있더라고요! 바로 우주의 진리는 '변하는 것'이라는 거.

그래서 사람도 변한다는 것. 사람의 마음도 변한다는 것. 또 그 변하는 것은 가장 자연스러운 것이라는 거예요. 변한다는 것은 유통기한을 넘긴 통조림이 변질되는 것하고는 아주 다르다는 것이죠. 그리고 더 중요한 것은요!! 변하기 마련인 사랑을 변하지 않도록 하는 방법도 있다는 것을 알게 되었어요. 궁금하신가요?

더 가지려고 하지 않고 서로의 빈 공간은 그대로 빈 공간으로 유지를 하며 그 안으로 바람도, 나비도, 구름도 흐를 수 있도록 남겨 두는 것이지요. 그래서 가득 고여 흐르지 않는 물처럼 썩어 버리지 않도록 말이에요. 물의 습성대로 흐르도록 두는 거죠. 그 빈 공간은 유지하며 공간 안의 꽃들과 나무와 아름다운 집과 하늘을 공유하는 것이 인간의 만남이 아닐까 합니다. 공유하고 또 흘러가면 그대로 흘러가는 대로 두고…. 흘러가 보았자 같은 하늘 아래인 걸요….

사랑의 춤을 추고 싶습니다.

자신을 사랑하고 이웃을 사랑하고 세상을 사랑하는 그런 춤이요. 그래서 세상사람 모두가 사랑의 춤으로 들썩들썩~~~ 하하! 호호!

그날을 꿈꿉니다.

딱 한 번 선배님의 춤을 보았는데 하나하나의 동작이 살아 있어서 인상 깊었습니다. 앞으로 더욱 멋지고 따뜻한 사랑의 춤을 보게 될 날을 기대 하겠습니다.

손끝 하나 발끝 하나의 움직임에도 많은 이야기가 담겨진 듯합니다. 앞으로 그 이야기가 더욱 풍성해지겠네요. 한사람의 팬으로서 사랑의 춤, 기다려집니다.

글이 참 예쁘다는 생각이 들어요. 마음이 고우셔서 그런가 봐요! 내 안의 빈 공간을 그대로 두는 것, 큰 배움을 얻고 가요.

변치 않는 것에 대한 집착과 변하는 것에 대한 배신감을 항상 가지고 있었습니다. 변한다는 것을 인정하는 것은 참 어려운 일이네요.

글 읽으며 코끝에 분 냄새가 나는 이유는 무얼까요? 글이 향기롭네요.

지은이 조애리

1978년생, 밝은 춤 안무가 | 2003년 명상입문

제가 24살 때 엄마가 병으로 돌아가셨습니다.

불과 1년 전만 해도 온 가족이 제주도로 여행을 가고 다음에는 해외로 가족 여행을 떠나자고 약속했었는데, 그 해 가을 암 선고를 받으시고는 의사 말대로 딱 6개월을 더 사시다 돌아가셨지요.

충격이었어요. 이제 이 세상에 '엄마'라고 부를 사람이 없다는 것. 그런데 그보다 더 충격적이었던 것은요, 불과 1년 전만 해도 이런 현실을 상상조차 하지 못했다는 것이지요. 그때부터 사람들의 태어남과 병듦, 그리고 죽음에 대한 의문들이 들기 시작하더군요. 진정 인간이란 존재는 그냥 이렇게 자신의 뜻과 아무 상관없이 이렇게 태어나고 죽어야 하는가?

그리고 엄청나게 염세적이 되었답니다. 내 뜻대로 할 수 있는 것이 하나도 없는 세상, 살아있는 동안 멋대로 살아보자!^^; 그렇게 방황을 하다가 2년 후 '명상'을 만났어요. 명상을 하면서 나의 마음을 키워내어 내 뜻대로 나의 삶을 조절할 수도 있다는 것을 알게 되었지요. 지금은 제게 일어나는 모든 고통조차 모두 나를 성장시키는 거름이라는 생각이 들어요. 명상을 통해 제가 다시 찾은 밝음을 세상과 함께 나누고 싶어요.

세상이 환해지는 밝은 춤을 통해서요!

어디 아프세요?

"할머니! 무릎이 울퉁불퉁한 것을 보니 고생을 많이 하셨겠어요."

그 말을 들은 할머니는 선생님에게 그런 말을 들으니 '울컥' 한다고 하신다. 지금은 그 의미를 조금은 알 수 있다. 그 한마디가 그간의 세월을 회상시켰다는 것을….

내가 그분들과 대화를 할 수 있기까지 많은 세월이 필요했다. 한 손에는 다양한 해부 생리학적 지식을, 다른 한 손에는 나만의 철학을 들고 매일 매일 환자와의 전면전을 했다. 하지만 그 다음날 어김없이 돌아오는 것은, "어제 보다 더 아파!" 였다.

이쯤 되고 보니 내 길이 아닌가 싶어 직종을 바꾸기도 여러 번이었다. 하지만 세월은 다시 나를 같은 곳으로 돌려놓았다. 결국 다시 이 길로 돌아오게 되었다.

무엇이 잘못된 것일까? 나름 책도 많이 보고 정성껏 치료도 하는데 환자는 왜 나날이 줄어드는 것이지…. 스트레스가 쌓이기 시작했다.

10년이란 세월 동안 물리치료사로서의 나의 위치는 변치 않은 채 예전 그대로였다. 줄어드는 환자도 스트레스이지만 낫지 않으면서도 계속 오는 환자는 더욱 스트레스가 되었다. 낫지 않으면 알아서 다른 곳으로 갈 것이지 매일 똑같다고 하면서 더 자주 온다. 뭐가 잘못된 것일까? 그런 고민을 해가면서 점점 환자가 아닌 나를 돌아보기 시작했다.

'나는 어떤 사람이지?'

나름 책임의식이 있고 성실하지만 편하지 않고 내가 나를 봐도 쉬운 사람은 아니었다. 내 자신에게 너그럽지 않은데 다른 사람에게는 더욱 그럴 것이다. 그런 인식이 생기면서 조금씩 변화를 시도해 보았다. '병'을 보는 것이 아니라 '사람'을 보려고 하였다.

아픈 곳이 어딘지 묻는 것 대신에 식사는 하셨는지, 치료 끝나고 어디 가시는지, 할머니, 할아버지는 살아 계신지…. 누구하고 사시는지, 고향은 어딘지, 젊은 시절은 어떻게 보내셨는지….

생각나는 대로 이것저것 묻다보면 왜 아프게 되었는지 알게 되는 경우가 많았다. 치료는 일상을 묻는 대화를 통해서도 할 수 있고, 등 한번 토닥이는 것으로도 가능하다는 것을 알아가기 시작을 했다. 마음을 열어야 몸이 치료에 반응을 하기 시작한다는 것을….

비록 머리는 기억하지 못해도 몸은 지난날을 고스란히 저장한다는 것을 알아가게 되었다. 몸속에는 많은 스토리가 있음을 알게 되었다. 매일 매일 많은 분들이 그분들만의 이야기를 가지고 오신다. 난 이제 그 이야기들을 들어보려고 한다.

수많은 환자분들이 무심한 나의 손을 스치며 지나가는 동안 한 가지 알게 된 것은, 정말 중요한 치료법은 책에 나와 있지 않다는 것이다. 이틀에 한 번씩 치료 받으러 오시는 할머니는 한 겨울에도 내복을 입지 않고 다니신다. 따뜻하게 해놓은 치료용 베드를 늘 뜨겁다고 꺼 달라고 하신다.

"난 아파 죽겠는데 원장은 다 나았다고 오지 말래!" 하시면서 매일 같은 투정을 하신다. 그래서 그 할머니가 오시는 날 온도를 꺼놓고 그 자리를 권해드리니 감기 걸려 죽겠는데 차갑게 해 놓았다고 또 투덜거리신다. 가끔 그 분의 무릎이 진짜 아픈지 궁금하다. 만져보면 괜찮은 듯한데….^^;

요새는 싱긋싱긋 잘도 웃으시더군요. 무심하던 자신에게 조금씩 마음을 여시는 듯해요. 어떤 강력한 치료보다 마음의 치료가 우선임을 알겠어요. 덕겸 님의 근막치료는 그 누구의 치료보다 부드럽고 따뜻하답니다.

아플 때는 사람이 그리워지니깐 또 찾아오고 또 찾아오고 그런가 봐요. 아픈 몸과 마음을 매만져주는 일, 참 좋은 것 같아요.

덕겸 님의 손길을 받으시는 분들은 얼마나 큰 은혜인지 알까?? 가끔 제가 아프면 치료해 주시는 그 손길에 담긴 마음에 감사드려요.

겪어보면 말 그대로예요. 덕겸 님 손은 약손!

지은이 김덕겸

1971년생, 물리치료사 | 2006년 명상입문

나의 직업은 아픈 사람들을 치료해주는 물리치료사이다. 그 직업을 가지고 있는 내가 명상이라는 문을 두드리게 된 것은 아이러니하게도 숨을 쉴 수 없었기 때문이다. 37년, 그리 많은 세월은 아니지만 내 안에 있는 감정의 화는 나의 몸을 모두 태우고, 그 남은 찌꺼기를 배출하지 못해 콜레스테롤처럼 나의 동맥혈관을 막아가고 있었다. 크게 심호흡을 하지 않고는 몇 마디의 말도 나누지 못하는 상태가 되어서야 무엇인가 찾지 않으면 안 될 것 같은 위기의식이 찾아왔다. 그리고 나는 2006년 여름이 조금 누그러질 때 명상을 만나게 되었다.

그로부터 두 해가 훨씬 지나 이제 삼 년여를 바라보고 있다. 이렇게 오래도록 무엇인가에 몰두해 본 적이 있었는가 할 정도로 명상은 매력이 있었다. 매일매일 꾸준히 한다는 것이 쉽지 않은 일이지만 내 마음속에 있는 잡다한 물건이나 다양한 욕구들을 가벼이 하고 덜어내는 만큼 또 다른 나로 채워지고 있었다. 예전엔 이루 다 열거 할 수 없는 감정들과 그 감정의 소용돌이에 말려 수많은 자책과 상처를 입었었는데 이젠 그토록 힘들게 하던 그런 감정들과 조금은 친해진 것 같다.

아직은 수련이나 명상을 한다는 것이 무엇인지 잘 모른다. 다만 지금 나는 무엇인가 하고 싶은 삶의 의욕이 생기고, 출근길에 오늘은 또 어떤 환자분들이 자신만의 이야기를 가지고 오실지 기대가 된다는 것이다. 짜증을 내는 일이 많이 줄어들고.^^ 이것만으로도 나는 즐겁다.

다행이다. 정말 다행이다. 나를 더 이상 미워하지 않을 수 있어서. 왜 그리 못났느냐고 내 가슴에 더 이상 상처를 주지 않게 되어서.

내 삶의 카모메 식당

얼마 전 선생님의 권유로 카모메 식당이라는 일본영화를 보게 되었다. 할리우드 블록버스터 영화가 딱 취향인 내게, 이런 유의 영화는 참 심심하고 지루하게 느껴진다. 하지만 뭔가 얻을 것이 있으리라 기대하며 영화를 보기 시작했다.

영화 속 핀란드의 한 항구도시. 일본여자 한 명이 작은 음식점을 경영하고 있다. 손님은 한 명도 없이 텅 빈 가게. 창밖에는 가끔 지나가는 사람들이 힐끔거릴 뿐이고, 뚱뚱한 핀란드 여인 세 사람이 한참을 바라보다 사라진다. 주인공은 아침마다 혼자 이상한 동작을 하며 집 거실을 왕복하는데, 가라데라는 무술의 기본동작이라고 한다. 어릴 때부터 배운 거라 하루도 빼먹지 않고 해오고 있다고.

우연히 서점에서 만난 또 다른 일본여인이 가게에 일손을 돕겠다고 오지만, 여전히 손님은 없다. 어쩌다 들른 핀란드 청년 한 명이 첫손님이자 지금까지 마지막 손님이다. 그것도 첫손님이라고 돈을 받지 않겠다는 주인.

주인공은 그래도 매일 요리준비를 한다. 자신은 일본음식이 이곳 핀란드에도 잘 팔릴 거라고 생각한다고…. 장사가 전혀 안 되는데도 조금도 불안한 기색이 없다. 편안하고 맑은 얼굴이다. 주인공은 방문하는 사람들에게 끊임없는 웃음과 정성으로 대접을 하고, 방문하는 사람들은 서서히 손님으로 또는 함께 일하는 동료로 식구가 되어가고, 그렇게 시간이 흐르며, 어느새 식당은 점점 사람들로 가득하게 된다. 점심시간이면 식당은 시끌벅적하고, 조용한 핀란드 항구도시의 거리 한 모퉁이에 활기를 불어넣는다.

카모메 식당. '갈매기'라는 이름의 식당. 참 재미없는 영화였지만 보고 난 지 한참이 지나도, 그 이미지는 지워지질 않는다.

몇 년 전부터 일 년에 한 번씩 회사를 옮기고 있다. 처음 회사를 옮길 때면, 이리저리 회사를 변혁시켜보겠다는 의욕을 가지고 시작하지만, 점점 현실의 벽에 부딪히며, 열정은 사그라졌다.

'여긴 아니야. 내 꿈을 이룰 곳은 다른 데 분명히 있을 거야. 내 능력이 필요한 곳이 꼭 있을 거야' 그리곤, 회사를 옮겨 다시 시작한다. 시간이 흐르고, 장애물을 만나고, 한두 번 실패하고, 실망하고. 그리곤 또 떠난다. 올해로 벌써 네 번째이다. 이번엔 그래도 일 년을 넘겼다.

난 이제 갓 일 년을 넘겼지만, 함께 일하는 동료들은 벌써 몇 해째 반복되는 일에 많이 지친 기색이다. 뭔가 새로운 일을 하겠다며 날 불렀지만, 일 년이 넘도록 여전히 그 일에서 벗어나지 못하고 있다. 그저 하루

아마 아무도 참석하지 않을 수도 있다.
하지만, 난 매일 그 시간에 회의실에 앉아 있을 것이고,
그 시간에 혼자라도 스터디를 할 것이다.
매주 난, 같은 시간에 그렇게 내 카모메 식당을 열고,
찾아올 손님을 맞을 준비를 할 것이다.

하루 일상을 넘기고 있을 뿐….

어느새 나의 일상도 지루해지고 있다. 반복되는 스케줄, 희망이 점점 사라져가는 회사 상황, 마치 핀란드의 나른하고 한적한 항구도시처럼. 의욕도 없고, 열정도 사라지고, 책임감과 의무감으로 하루하루를 넘기고 있다.

영화를 본 후, 메시지는 분명했었다. 아무리 희망 없는 열악한 상황이라도 그 상황을 바꾸고, 희망을 만들어내는 것은 한 사람의 힘으로 가능하다는 것. 나도 그런 상황에 처할 수 있다면, 그런 역할을 하고 싶다는 생각을 했었다. 핀란드나 네덜란드 같은 북구의 평화로운 도시에서 그런 식당 하나 열고 그렇게 살아가는 것도 참 재밌겠다는 생각을 했었다. 그리고 부러워했다.

오늘 새벽, 난 내 옆에 있던 텅 빈 식당 하나를 발견했다. 힐끗거리며 창안을 쳐다보지만, 들어올 엄두도 내지 못하는 소심한 사람들. 희망을 그리고 싶지만, 이젠 삶에 지쳐버려 미래를 그릴 힘도 없는 우울한 사람들. 누군가가 뭔가 해주기를 바랄 뿐, 자신은 뭔가를 만들어갈 여력은 없는 사람들. 그들이 주변에 있었다. 사무실에, 버려진 내 블로그에, 몇 개월째 개점 휴업상태인 내 온라인 카페에…. 출근하자마자 이메일을 쓴다.

콘텐츠 강화를 위한 케이스 스터디

다음 주 월요일부터 뜻이 있는 분들부터 모여서 우리가 현재 하고 있는 프로젝트를 콘텐츠라는 새로운 관점에서 어떻게 접근할 수 있는지 함께 논의하는 모임을 가지겠습니다.

매주 월요일 오전 11시~12시 (1시간)
인원은 몇 명이 모이든 상관없이 그냥 진행합니다. 아무도 없으면 혼자 공부할 겁니다.^^
관심 있으신 분의 많은 참여 부탁드립니다.

아마 아무도 참석하지 않을 수도 있다. 하지만, 난 매일 그 시간에 회의실에 앉아 있을 것이고, 그 시간에 혼자라도 스터디를 할 것이다. 그러다보면, 우연히 들른 핀란드 청년처럼 한 사람이 와 앉을 것이고, 창밖으로 힐끔거리며 지나는 사람도 있을 것이다.

매주 난, 같은 시간에 그렇게 내 카모메 식당을 열고, 찾아올 손님을 맞을 준비를 할 것이다. 언젠가는 식당이 넘치게 북적거리며, 내가 준비한 음식을 맛볼 그 날을 그리면서.

딩동! 답장 메일이 왔다.

"이사님, 금요일 11시~12시는 어떠신지요? 아무래도 금요일에는 행사가 적어서 이 시간이 좋을 것 같습니다."

"네, 저도 금요일을 선호합니다."

"저도 금요일 좋습니다."^^

"저도 금요일이요~~"

"예, 알겠습니다. 당연히 해야죠.^^; 저는 요일 상관없습니다."

"네, 알겠습니다.^^ 필참!"

벌써, 손님이 이렇게나 많이 오면 안 되는데…. 내 삶의 카모메 식당!

바로 여기였다.

명상을 시작한 지, 9년째가 되어가지만, 삶의 힘겨움은 여전합니다. 하지만, 며칠 전 명상일기를 적으며, 내 삶의 카모메 식당을 찾았습니다. 주변에 있는 모든 우울한 상황이, 내가 들어가 빛을 내어야 할 카모메 식당이란 걸 깨달았습니다.

처음 시작은 초라하고, 비록 손님이 하나도 없더라도, 나의 꿈을 그리고 키우며, 미래의 손님을 기다리며 꾸준히 준비해 나간다면, 언젠간 북적거리는 날이 올 것이란 걸 알았습니다. 그리고 그런 모든 불편한 상황들이 날, 영화 속의 주인공이 되게 해주는 감사한 상황이란 것도 알았습니다. 꾸준함만이….

내 삶의 카모메 식당을 가꿀 수 있는 열쇠란 걸 알게 해 주심에 감사드립니다.

 잔잔한 그러나 커다란 파장을 그릴 신화의 시작 같습니다.

선배님의 까모메 식당! 꼭 한번 들러 맛있는 식사 함께 하고 싶습니다. 꾸준함이 가장 소중하다는 사실을 일깨워 주신 분, 모두 내면에 하나씩 자신만의 까모메 식당을 만들어 꾸준히 나아간다면 어느새 각자의 신화는 성큼 내 앞으로 다가와 있을 것입니다.

아무리 희망 없는 열악한 상황이라도 그 상황을 바꾸고 희망을 만들어내는 것은 한 사람의 힘으로 가능하다는 것을 마음속에 깊이 새깁니다.

주변에 있는 우울한 상황 속에 희망의 빛을 내는 카모메 식당을 차려 주변이 밝게 빛나기를 기대합니다.

내가 존재하는 지금 여기, 바로 여기가 카모메 식당임을 깨닫게 해주셔서 감사합니다.^^

지은이 이상훈

1966년생, 마케팅커뮤니케이션 컨설턴트 | 2001년 명상입문

고3까지 저의 꿈은 법관이었습니다. 우리 집에서는 그나마 똑똑한 축에 들었나 봅니다. 당시엔 공부 좀 한다 하면 당연히 의사나 변호사가 되어야 한다고 생각했던 것 같습니다.

고3에 접어들면서, 미래에 대해 구체적으로 생각해보니, 법관이나 변호사가 되면 평생을 우중충하게 범죄자들하고만 지내야 할 것 같은 생각이 들어 방향을 바꿔버렸습니다. 지금 생각하면 참 단순한 생각이었지만, 당시엔 직업에 대한 자세한 교육을 받지 못했으니 그럴 만도 했지요.

그러고 나서는 갑자기 뭘 해야 할지 몰라 고3 시절 내내 헤매었습니다. 그러다 결국 내가 무엇을 하면 가장 잘할 수 있을까를 찾기 위해서는 먼저 나에 대해서 잘 알아야겠다고 생각해서 또 막연하게 심리학과를 지원했습니다. 하지만 막상 심리학과에 입학을 하고 보니, 매일 무슨 생쥐를 가지고 실험을 하고, 동물을 가지고 실험을 하면서, 내가 누구인지, 내가 무엇을 하면 잘 살 수 있는지는 가르쳐 주지 않고, 아주 지엽적인 것들만 연구를 하고 있더군요. 내가 알고 싶은 인간에 대한 총체적인 접근과 '나는 무엇을 하면 잘할 수 있을까? 나는 도대체 어떤 사람일까? 그런 부분에 대한 해답은 전혀 주지 못할 것 같았습니다. 그러면서 그때까지 종교를 통해서 가지고 있던 의문들도 벽에 부딪히고…. 결국은 진리에 대한 탐구를 포기하고, 그냥 평범한 생활인으로 살기로 마음을 먹었습니다.

예쁜 아내와 결혼도 하고, 아이도 낳고, 평범하게 살던 중, 장인어른께서 갑자기 심장마비로 돌아가시는 일이 생깁니다. 장인어른의 49재를 치르는 불교의식을 보면서, 그리고 장인께서 교류하시던 큰스님 등과 만나면서 다시

인생에 대한 근본적인 질문이 고개를 들기 시작했습니다. 덮어놓았던 정신적인 고민에 대한 탐구를 다시 시작하면서, 관련 서적들을 잔뜩 사서 읽기 시작했습니다.

그러던 어느 날, 책방에서 우연히 집어 들었던 '무심'이란 책을 읽으면서, 그동안 고민했던 많은 문제들이 일거에 해결되는 것을 느끼며, 명상이라는 것을 배우기 시작했습니다. 그동안 겉으로는 가족들에게 사람들에게 잘 대해왔고 평판도 그리 나쁘진 않았지만, 항상 마음속 깊은 곳에는 나만 생각하는 이기주의가 자리 잡고 있음을 알았습니다.

명상을 통해서 다양한 세계를 접하면서, 인간이 얼마나 낮아져야 하는지를 배웠고, 그 낮아진 자리에서 가족과 이웃을 다시 보게 되었으며, 그들을 진심으로 사랑하는 것이 어떻게 해야 하는지를 조금씩 배우기 시작하고 있습니다. 이전에는 다른 사람을 부리는 입장이었다면, 지금은 그 사람의 부족한 점을 소리 없이 채워주려는 생각을 하기도 합니다. 일을 대하는 자세가 바뀌었고, 사람을 대하는 자세도 조금씩 바뀌어가고. 게을렀던 예전의 저로서는 상상도 할 수 없는 생활 속의 작은 결정들을 오늘도 내리고 있습니다.

약 40년이 넘는 세월동안 내 몸에 배인 습관을 바꾸기 위해 조금씩 노력하면서, 하나하나 내 몸과 마음이 리모델링되어 갑니다. 아직 가야할 길은 멀기만 하지만, 남은 인생은 조금씩 내 자신을 내가 원하는 방향으로 바꾸어가는 즐거움을 느끼며 살고 있습니다.

이화에 월백하고

김 주사, 이조 고종 재위 시 이 땅에 태어나 농사일을 천직으로 알고 생업으로 삼으시며 일흔일곱 해를 사시다 삼십 이년 전 향천 하신 분.

관직은커녕 동네 이장일 한 번 해본 적 없으신 이분을 동네 사람들은 물론 인근 주민들까지 김 주사라고 부르게 된 것은 그냥 김 씨라고 부르기엔 왠지 실례되는 것 같고 미안하여, 당시 면사무소의 부면장급인 주사로 우대하여 한두 사람 그렇게 부르던 것이 돌아가실 때까지 영원한 명예직 김 주사가 되었다고 한다.

정식 교육은 받아본 적이 없으나 한글 사용에 불편이 없으셨고 웬만한 한자 정도는 읽고 쓰는 수준인데, 특히 암기력이 뛰어나서 한 번 들은 것은 토씨하나 흐림이 없을 정도이니 이분의 실력을 가히 알만하다.

농사일 외에 이분이 즐기시는 일이 하나 있는데 약주를 좋아하시고 시조 부르기를 좋아하시는 거다. 약주 드시고 취기가 적당하면 긴 수염 두어 번 쓰다듬어 내리고 두 눈을 지그시 감으시고 시조 한 수 읊으시는 데 이 소리가 토담 넘어 앞산마루에서 휘감김을 하는 듯하였다. 식구들이럴 땐 방해하지 않으려 조용히 움직이는데 신발 끄는 것도 안 된다. 두 손에 고무신 쥐고 싸리문 밖으로 나오면 우물에서 물 깃던 아낙네 귀 기울여 듣기 예사였다.

평시엔 조용하고 오가는 길에 마주치는 이 인사라도 할라치면, 어떤 사람이건 반드시 경어로 답례하시고 길 트여 주심을 잊지 않으셨다. 혹여 남루한 걸인이 구걸이라도 할라치면 결코 하대하지 않으시고, 소반상에 밥 차려 드리라고 하여 오히려 얻어먹는 자가 당황하기도 하였다.

이분에게도 한 가지 흠이 있었으니 약주를 너무 좋아하시는 거다. 열흘이 멀다하고 찾아오는 벗들과 건넛마을 주막집에서 한잔 드시다 귀가가 늦어지기라도 하면 자식, 손자들 동구 밖까지 나가 기다리다 모셔오곤 하였는데, 양옆에 자식들 부축 받으시는 김 주사 어른, 이럴 때면 꼭 시조 한 수 하신다.

한가할 때 손님이 오셔서 집에서 술상이 차려지고 술잔이 몇 순배 오가면 으레, 시조경연이 벌어지곤 하였는데 언제나 장원은 김 주사이시다. 감히 인근에 이분을 따를 자 없는 듯하다. 수십 편의 시조를 암기는 물론, 작자, 년대, 배경까지 둘둘 꿰고 있었으며 부드럽게 시작하여 회오리처럼 쓸어 올리고 뚝 꺾이면서 변화를 주는 김 주사님의 시조창은 정통이었으며 지금도 아련한 추억이다.

여간해서 같은 곡을 부르시지는 않는데 즐겨 부르시던 시조가 이조년의 '이화에 월백하고'와 김상헌의 '가노라 삼각산아'이시다. '이화에 월백하고'를 부를 때는 어떤 사련의 정이 솟구치고 '가노라 삼각산아'에서는 사나이 굳은 충절을 나타내시기라도 하는 듯 두루마기 자락을 '획' 젖히기까지 하셨다. 이렇게 김 주사님이 시조를 잘하게 된 이유가 있었으니 첫째는 소질이 있으셨다. 둘째는 시조수집이다.

김 주사에게 초등학교에 다니는 넷째 아들이 있었는데 꽤나 공부를 잘하여 은근히 자랑스러운데 기특하게도 학교에서 매번 쏙쏙 시조를 배워다 알려준다.

시조에 관심이 있다는 걸 알게 된 담임선생님이 이 넷째 아들에게 시조를 가르쳐 주셨는데, 이 시조는 그날 저녁이면 김 주사에게 어김없이 넘겨지고 김 주사 어른 참 열심히 시다. 종이가 귀하던 시절 '풍년초' 봉지 담뱃갑 헛되이 버리지 않고 잘 모아 두었다가 이렇게 넷째가 전리품처럼 가져오는 신선한 재료를 몽당연필로 꼭꼭 눌러 쓰셨다. 시조집은 아랫목 머리맡에 모셔지는데 빛바랜 담배종이 날로 두터워지는 기쁨은 부자간의 보람이었다.

저녁에 도착한 따끈한 소재는 이튿날 아침이면 김 주사 어른의 입에서 흘러나오는데 얼핏 들어도 한자 틀림없다. 김 주사 일흔 되던 해, 늦게 두어 걱정 많던 넷째아들 장가보내 살림 내어 놓으니 부자간의 물리적 공간이 너무 커 시조 소리 듣기 어려워지는데 무심한 세월은 김 주사를 김 노인으로 만들어 가고 더구나 지난해 아내마저 저 세상 사람 되어 자식, 손자 보고 싶다고 인편에 연락 주신다.

넷째아들 술사고 안주 장만하여 고향집에 들어서며 "아버지." 부르니 누워있던 아버지 반색을 하신다. 따뜻하게 덥혀서 약주 올리는데 앙상한 아버지의 손에 들린 술잔이 슬프게 다가온다. 넷째아들 가슴이 아파 "아버지 옛날처럼 이화에 월백하고 한 번 하시죠."하니 아버지 쓸쓸히 앞산만을 바라보신다. 앞산 참나무 가지에 감겨 되돌아오듯 하던 시조 소리가 그리우신가 보다.

"얘야, 이제는 어지간히 때가 온 것 같구나. 시조도 늙어서…."

그날 아버지의 시조는 듣지 못했지만 유언이 되고만 마지막 말씀을 주셨다. 네가 공부 잘해서 착해서 참 자랑스러웠다고. 시조 참 좋았다고…. 자식들 공부 잘 시켜서 너희로 하여금 가문을 일으키고 명문가로 발돋움하라고. 그렇게 할 수 있다고 말씀하셨다. 며칠 지나지 않아 아버지의 부음을 듣고 그것이 이승에서의 마지막이 되었으니….

아버지!

넷째도 아버지 그때처럼 흰머리 많고 아버지처럼 자식 손자들 그리며 살고 있습니다. 아버지 감사합니다! 못난 자식 믿어 주셔서. 고맙습니다, 사랑해 주셔서.

하늘, 자연, 사람을 생각하고 사랑하는 공부를 하는 저희들 잘 지켜봐 주시고요, 우리들의 헌정각에 부모님 모시고 있습니다. 내일 새벽에도 향 사르고 정화수 올릴게요. 맑은 두촌리 하늘에 떠 있는 별을 보러 갑니다.

넷째 네는 아버지 별, 어머니 별, 이름은 '고은 별'을 가만히 올려다 봅니다.

한 호흡으로 시조 한 수 듣고 가는 느낌이 듭니다. 아드님께서 아버님과 할아버님의 내력을 닮으셨나봅니다.

한숨에 숨죽이고 읽었습니다. 약주 한잔하면서 그때 배웠던 시 한수 부탁합니다.

글에 배인 눈물에 저까지 눈물이 배입니다. 할아버님이 그런 분이셨군요.

너무나 근사한 제목에 내용도 어쩜 이렇게 좋은지 감탄스럽습니다. 정말 부러운 글 솜씨를 지니셨네요.

김 주사로 불리시던 선배님의 아버님에 대한 글을 읽으니 술 좋아하시고, 사람 좋아하시고, 시조로 흥을 푸시던 저의 아버님 생각이 납니다.

지은이 김인성

1945년생, 전직 철도청 근무 | 2002년 명상입문

한평생을 철도청에서 근무하면서 장성한 아들 둘을 길러냈습니다.

그런데 평소 반듯하고 공부를 곧잘 하고 장래가 보장되었던 아들이 취업도 소홀히 하면서 무언가를 열심히 하기에 아들이 염려되어 무엇을 하는 곳인지, 장래가 어떨지, 아니다 싶으면 늦기 전에 마음잡게 하자는 생각을 하면서 명상을 시작하게 되었습니다.

명상을 제대로 알기까지 꽤 많은 시간이 흘렀습니다. 명상을 통해서 나 자신을 바라볼 기회가 생겼으며 몸도 마음도 맑아짐을 알 수 있었습니다. 무엇보다 수련은 자신을 위해서 한다는 것을 알게 되었지요.

내 나이 65세. 지금 바람은 수련의 끈을 놓지 말아야 한다는 마음뿐입니다. 명상의 목적은 변화이며, 퇴화나 답보가 아닌 진화라는 것을 알게 되었으니까요. 주변에서 많이 변했다고 합니다. 한마디로 좋아졌다구!